신은 유희(게임)에 굶주려 있다.
5
The Ultimate game-battles of a boy and the gods

VS 신수의 수호자
"무, 무무무…… 무슨 짓인가요,
이 파렴치한 촉수————?!"

……설마, 이 순간을 의도적으로 만들었나?
나하고만 대화하기 위해?!
"페이. 당신, 게임을 좋아해?"
PROFILE
헤레네이어
신비법원 본부가 자랑하는 최강팀 『모든 혼이 모이는 성좌』의 비밀이 많은 리더.

포세이돈 & 미노타우로스

Gods Game We Play

The Ultimate game-battles of a boy and the gods

5

신은 유희(게임)에 굶주려있다. 5

Gods Game We Play

저자
사자네 케이

일러스트
토모세 토이로

옮긴이
김덕진

Character

《 등장인물 》

God's GameWe Play

레셰

본명은 레오레셰.
3000년의 긴 잠에서 깨어난 신이었던 존재로 게임을 좋아하는 소녀.

페이

이 시대 최고의 루키로 기대받는 사도. 레셰 & 펄과 팀을 결성했다.

넬

마르 라의 전 사도. 한 번 은퇴했지만, 북메이커와의 게임에서 승리해 페이의 팀에 가입.

펄

전이 능력을 지닌 사도. 전자동 착각 걸이라고 불릴 정도로 엉뚱함이 있는 성격.

Chapter

Prologue 두 번이나 나를 쫓아내다니 건방지네?

God's Game We Play

1

해가 떠오른다.

비적도시 루인의 빌딩들이 햇빛을 받아 둔탁한 은색으로 반짝였다.

아침 7시. 많은 주민이 잠에서 깨어날 시간, 그런 고요한 거리에서.

"정말, 무패인 나를 화나게 하네!"

어린아이 같은 성난 목소리가 신비법원 빌딩 안에서 울렸다.

폭발에 가까운 음량.

얼마나 굉장한가 하면, 진동이 신비법원 빌딩의 콘크리트 벽을 통해 밖으로 전해져 민가의 유리창이 흔들릴 정도였다.

무슨 일이 일어났는가.

그 답은 신비법원 빌딩 지하의 다이브 센터에 있다.

“이 내가! 모처럼 인간이와 신들의 놀이에 다이브하려는데, 나만 쫓아내다니! 건방지기 짝이 없잖아!”

신비법원 지하의 거신상.

용의 머리를 본뜬 거신상 위에, 팔짱을 끼고 주저앉은 소녀가 있었다.

빛나는 루비 빛깔 눈동자에 사랑스러운 용모.

엄청나다는 수식어가 붙을 정도로 귀여운 소녀지만, 제일 큰 특징은 그 의상이었다. 그렇다. 거창한 서체로 「무패」라고 적힌 티셔츠였다.

“뭐, 나는 무패니까! 날 두려워해서 게임에서 쫓아낸 것도 무리는 아니지……만! 그 탓에 인간이의 게임에 참가할 수 없잖아! 대체 누구 짓이야?!”

거신상 벽면에 손을 대고서 「끄응……」 하고 미간을 찌푸린다.

그리고는.

“인간!”

“앗, 네, 우로보로스 님!”

신의 부름을 받은 사무장 미란다는 다급히 자세를 바르게 했다.

미란다는 신비법원 루인 지부를 통괄하지만, 지금만큼은 신분의 차이가 명백했다.

이 은발 소녀는 두말할 것 없는 진짜 신. 그것도 인간이

오랫동안 단 한 번도 공략하지 못했던 게임의 주인으로 유명한 무한신 우로보로스다.

이렇게 사랑스러운 용모이지만, 신의 분노를 산다면 순식간에 도시가 사라질 것이다.

절대로 거스를 수 없다.

"무, 무슨 일이신가요?!"

"내가 이 거신상에서 쫓겨났다. 보아하니 **신 넷**의 잔꾀인 듯해서 이 힘의 출처를 알아보고 싶다. 의식에 필요한 물건을 말할 테니 가져다줘."

"의식이요?! 그, 그건 대체……."

마른침을 삼킨 미란다.

전지전능한 신이 요구할 정도의 물건이다. 대체 얼마나 구하기 어려운 물건일지…….

"무엇을 준비하면 될까요?!"

"치즈가 잔뜩 뿌려진 피자 두 판과 네모난 초콜릿 다섯 개. 초코바나나 크레이프 샌드와 김 맛 감자칩. 음료는 진저에일로!"

"……."

"……."

"……네?"

"아잇. 못 들었어?"

거신상을 빤히 바라보는 소녀가 다시 돌아보았다.

"치즈가 잔뜩 뿌려진 피자 두 판과 네모난 초콜릿 다섯 개. 초코바나나 크레이프 샌드와 김 맛 감자칩. 음료는 진저에일이라고!"

"……그걸 어디에 쓰시려고?"

"내 점심밥이야!"

"네에……."

무척이나 진지하게 답한 우로보로스에게 미란다는 여우에게 홀린 표정으로 말을 이었다.

"……정신체(스피리추얼)에도 식사가 필요한가요?"

"아니, 전혀."

"……그럼 어째서?"

"내가 무패니까!"

아, 이건 틀려먹었다.

신에겐 논리가 통하지 않는다. 그것을 직감한 미란다는 얌전히 고개를 끄덕이기로 했다.

"이해했습니다."

"그렇지?! 누가 뭐래도 난 무패니까!"

만족스러운 듯이 끄덕이는 우로보로스에게 고개를 숙이고서.

품에서 통신기를 꺼낸 미란다는 지상층의 부하에게 연락했다.

"나야. 지금부터 말하는 걸 바로 준비해줘."

Chapter

Player.1 VS 신수의 수호자 —신수의 열매 농구 ①—

God's Game We Play

1

고위의 신들이 만든 신들의 놀이.

신만이 아는 기준으로 인간이 사도가 되고, 영적 상위 세계로 오갈 수 있게 된다.

그리고…….

페이의 앞에는 하늘을 찌를 듯이 자란 커다란 나무로 이루어진 삼림이 펼쳐져 있었다.

『「신수의 열매 농구」을 시작합니다!』

미이프의 선언이 울려 퍼졌다.

『다시 설명하겠습니다. 이곳은 신수 위그드라실의 숲. 여러분에게 보이는 나무는 전부 위그드라실에서 태어난 어린잎입니다. **이 숲의 모든 것을 사용해** 게임을 마음껏 즐겨주세요!』

그 순간.

미이프의 맞은편에서 새된 함성이 터져 나왔다.

『꺄하하하하! 이제야 놀 수 있어! 이 숲에는 인간이 전혀 오지 않았는걸. 이러다 언제 게임할 수 있으려나 걱정했는데 드디어 그때가 왔구나!』

날개가 달린 소인, 요정 님프.

나비처럼 화려한 날개를 지닌 **신 팀**의 일원이다. 마침 인간의 머리 높이를 부유하고 있는데, 그 작은 몸집에서 나오는 음량이 어마어마했다.

그리고 요정 님프의 수는 **셋**.

셋이 같은 말을 동시에 하니 음량도 세 배가 되는 셈이다.

『너희, 각오해! 호되게 혼내줄 테니까! 그렇지? 드라이어드!』

『당치도 않습니다.』

차분한 여자의 목소리로 답한 것은 온몸이 녹색인 수인 드라이어드.

머리카락 대신 식물의 덩굴이 있는 수인도 님프와 마찬가지로 셋이었고, 서글서글한 미소를 짓고 있었다.

『저는 즐거운 게임을 할 수 있으면 만족합니다. 그런…… 온화하게 맞이하는 연기로 인간을 방심하게 하고 시간을 들여 귀여워하다니, 후후…… 그런 건 잠깐 상상만 할 뿐 실제로 하려는 생각은…….』

『드라이어드는 악취미야.』

요정 님프가 깔깔 웃었다.

수인 드라이어드 셋까지 합쳐 모두 여섯이지만, 그 뒤에는 또 「뿌리가 다리처럼 움직이는 거대한 나무밑동」 셋이 있었다.

『…….』

인간의 말을 하지 않는 정령 트렌트가 셋.

이렇게 총 아홉 신이 대전 상대인 **신 팀**이다.

"아니, 잠깐! 이봐, 미이프 양반!"

제일 먼저 입을 열고 외친 것은 얼굴에 익살기가 있는 장신의 남자다.

아슈란 하이롤즈.

팀 『맹화(블레이즈)』의 리더가 하늘을 나는 미이프를 향해 물었다.

"우리한테 아홉 신과 싸우라는 건가?! 신들의 놀이는 신 하나와 인간 다수잖아? 이렇게 신이 잔뜩 나온다는 말은 들어본 적이 없어!"

『아홉 신들이 아닙니다. 신 팀 하나입니다.』

"뭐가 다르다는 거야?!"

『난이도입니다.』

미이프의 말은 명확했다.

『신이 아홉이라 통상적인 게임의 아홉 배로 어려워지는 건 아닙니다. 방금 설명한 것처럼 신 팀과의 대전으로, 난이도 조정은 완벽합니다.』

"……그 말은 사실이겠지?"

『완벽합니다.』

"불안한데?! ……그렇다는데, 어떡할까? 페이."

아슈란 대장이 돌아보았다.

"네가 가능할 것 같다면 든든하겠는데."

"저도 아직 전혀 모르겠어요. **이 숲을 전부 사용한** 농구라니……."

그렇게 답한 페이는 다시 삼림을 둘러보았다.

……수풀, 그루터기, 머리 위에는 덩굴, 지면도 울퉁불퉁.

……아마도 이런 특징이 전부 게임 장치가 될 테지.

이것을 활용해라.

중립인 미이프가 줄 수 있는 최소한의 게임 공략 힌트일 것이다.

"난 놀 수 있으면 뭐든 좋아!"

자신만만하게 답한 것은 주홍색 머리카락의 소녀, 용신 레오레셰. 신비로운 호박색 눈동자의 소녀로, 3천 년 전에 영적 상위 세계에서 내려온 신이었던 자다.

"참고로 농구라는 건 인간의 스포츠지? 이 숲이 코트라면, 다 같이 뛰어다니라는 건가?"

"으윽?!"

"음, 스포츠는 특기다!"

레셰의 옆에 선 두 소녀가 정반대의 반응을 보였다.

얼굴을 찡그린 쪽이 금발 소녀 펄.

의기양양하게 고개를 끄덕인 쪽이 장신에 다부진 몸을 가진 검은 머리 소녀 넬.

두 사람 모두 페이의 동료다.

"……우려하던 날이 왔네요."

펄이 입술을 깨물며 말을 이었다.

"언젠가는 올 거라고 생각했어요. 신의 게임은 두뇌 게임만이 아니라 신과 맞서는 배틀 게임이나 인간의 스포츠를 흉내낸 것까지 각양각색. 그리고 드디어 위협적인 스포츠 게임이 나타난 거네요!"

"응? 뭐가 위험하다는 거지?"

"넬 씨는 운동을 잘하니까 그런 말을 할 수 있는 거라고요!"

진지한 표정인 넬을 올려다본 펄은 당장에라도 울 것 같은 표정을 했다.

"전 키도 작고 균형감각도 나빠서 걷다가도 넘어진다고요. 운동은 특기가 아니에요!"

"……그런가, 펄. 그렇게 가슴이 크니 발밑이 보이지 않겠지. 나는 이해할 수 없는 고민이지만…… 네가 그런 심정이라는 건 이해할 수 있다."

"그런 동정, 바란 적 없는데요?!"

"맡겨줘. 이 게임은 내 특기 분야다."

의욕에 찬 넬이 무릎을 굽히며 스트레칭을 시작.

"페이 공, 여기선 꼭 내게!"

“아, 그러네. 나도 넬은 이 게임에 어울린다고 생각해. 그러니 어떨까요, 아슈란 대장.”

“페이의 추천이라면 내가 반대할 이유는 없지.”

마찬가지로 스트레칭을 시작한 아슈란 대장.

이 게임은 팀전이다.

인간 세계의 농구는 다섯 명이 뛰는 것이 주류지만 신들의 놀이에선 아마도 다를 것이다. 님프와 드라이어드와 트렌트. 각각 셋씩, 총 아홉의 신.

……그러니까, 9 VS 9야.

……이 숲이 코트라면 참가하는 인원이 많아도 충분할 정도로 넓어.

반면, 인간은 17명.

여기서 아홉 명을 고른다면 제일 먼저 정해야 할 것은 **총괄 리더**다.

이곳에 있는 인간 팀은 셋.

각 팀의 리더 셋이 따로따로 명령하면 아홉 명의 움직임이 어우러지기는커녕 내부 분열이 일어날 것이다.

아홉 명을 통괄하는 총괄 리더가 필요하다.

“총괄 리더라면 제게 맡겨주시어요!”

분홍색 머리를 한 소녀가 힘차게 손을 들었다.

“소녀의 화원, 팀 엠프레스의 창립자 겸 리더! 바로 저 아니타가 총괄 리더에 입후보하겠어요!”

아니타 맨해튼.

나이는 15세. 신비법원의 사도 중에서도 최연소이고, 루인 지부에 가입하자마자 새로운 팀을 창설한 행동력은 두드러진다.

"그럼 총괄 리더의 권한으로 멤버를 편성하겠어요. 레셰 언니, 펄 언니, 넬 언니! 이 세명과 저, 남은 자리는 적당히 골라서…… 으읍?!"

"왜 멋대로 정하는 거냐!"

아니타의 뺨을 납작하게 찌부러뜨린 아슈란 대장.

"총괄 리더라는 건! 승수가 제일 많은 리더나 팀원이 제일 많은 리더가 맡는 게 당연하잖아!"

"……그, 그건 그렇지만요……."

"그래서? 야, 페이. 누가 총괄 리더를 맡을 거야?"

아슈란 대장이 아니타의 뺨을 누른 채로 돌아보았다.

"나는 네가 맡아주는 편이 마음이 놓이겠는데."

"아니요, 괜찮으면 아슈란 대장이 맡아주세요."

"……알았다."

아슈란 대장이 머리 뒤를 긁적이며 쓴웃음을 떠올렸다.

물론 페이도 총괄 리더가 싫어서 떠넘긴 것이 아니다. 아슈란이 지휘하는 편이 가장 승률이 높다고 판단했기 때문이다.

……이유는 우리 세 팀의 인원 차이야.

……아슈란 대장의 팀인 『블레이즈』가 12명으로 압도적으로 많으니까.

12명의 성격과 신주(어라이즈)를 가장 잘 아는 사람이 아슈란이다. 종합 리더로서 각자의 장점을 끌어낸다.

“내가 이번 게임의 총괄 리더다. 그럼 이제 자세히 알려줘. 이 게임이 농구라면, 구기종목답게 공과 골이 있겠지?”

『네. 이번에 사용할 공은 위그드라실의 열매입니다!』

미이프가 지표에 있는 네 개의 공을 가리켰다.

공을 대신할 대수(大樹)의 씨앗.

아까 머리 위에서 떨어진 것이다.

—야자열매 정도의 녹색 과일.

—야자열매 정도의 파란 과일.

이쪽은 떨어진 충격으로 지면이 약간 파였다.

—야자열매 정도의 노란 과일.

이쪽은 떨어진 충격으로 지면이 갈라졌다.

—인간보다 거대한 빨간 과일.

지면에 운석처럼 거대한 크레이터를 만들었다.

과일의 중량이 다르다.

일단 마지막 붉은 열매는 크기와 무게의 수준이 다르다.

『과일의 낙하지점이 농구 코트의 중심이에요. 여러분이 볼 때 안쪽으로 50미터 나아간 곳이 신 팀의 골대가 있고 뒤쪽 50미터 나아간 곳에 인간 측의 골대가 있습니다.』

즉, 넓이는 100미터.

볼이 떨어진 곳이 코트의 중심부라는 뜻이다.

"응? 근데 골대는 어디 있어?"

50미터 너머를 바라본 아슈란 대장.

"골대 같은 게 안 보이는데?"

『양 진영의 가장 안쪽에 있습니다. 가장 커다란 나무가 하나씩 자라 있는데, 그 나무의 위쪽, 높이 50미터에 핀 커다란 하얀 꽃이 골대입니다. 자기 진영의 골대를 지키며 상대 팀의 꽃에 볼을 넣으면 득점입니다.』

"저 커다란 나무를 오른 곳에 있다고요?!"

미이프가 가리킨 곳을 올려다본 펄의 눈이 휘둥그레졌다.

마치 거대한 고층 빌딩정도의 높이.

기둥 두께만으로도 10미터 이상은 될법한 커다란 나무가 있고, 그 위의 가지에 골대 역할의 하얀 꽃이 피어 있었다.

—공이 씨앗이고, 골대가 꽃.

—그 두 가지를 바꿨을 뿐, 게임 방식은 확실한 농구.

다만.

이 숲의 모든 것을 활용하지 않으면 승리할 수 없다.

『꽃의 위치가 너무 높다고 생각하시죠? 물론 지상에서 볼을 던지는 것도 괜찮지만 플레이어가 나무를 오르는 것도 가능합니다. 보시다시피 위그드라실의 기둥은 크고 울록볼록한 곳이 있어서 공을 들고 기둥을 오르기 쉬울 겁니다.』

머리 위 50미터의 꽃(골대)에 어떻게 접근해야 하는가.

그것이 이 게임의 「공략법」인 셈이다.

"달리 떠오르는 건 저 거대한 나무의 양쪽에 비스듬하게 쓰러진 나무다. 저 기울어진 나무를 타고 올라서 꽃에 다가가는 것도 괜찮겠고……."

팔짱을 끼고서 생각에 잠긴 넬.

"가지에서 늘어진 식물의 덩굴도 밧줄을 타듯 오르면 꽃에 다가갈 수 있다. ……그래, 미이프. 한 가지 묻고 싶다."

『말씀하세요.』

"농구는 손으로 드리블하는 경기인데, 공을 차는 건 반칙인가?"

『허용됩니다. 애초에 공을 든다는 설명도 인간에게 전하기 위한 것으로, 우리의 주신이신 트렌트 님은 촉수를 사용하시니까요. 공을 옮기는 방법은 자유입니다.』

미이프의 뒤에서 다리 대신 뿌리를 꾸물꾸물 움직이는 트렌트.

요정 님프와 수인 드라이어드와는 다르게 이 트렌트는 완전히 「움직이는 나무」라고 부를 수밖에 없는 외견이었다.

그 뿌리가 녹색 공을 단번에 휘감아서 주웠다.

『트렌트 님이 주우신 녹색 공의 무게는 1kg, 그리고 득점은 2점입니다.』

아무도 입을 열지 않았다.

그 자리에 있는 모두가 응시한 것은 트렌트가 든 녹색 공……이 아닌, 땅에 떨어진 다른 세 개의 공이었다.

『이 농구는 50점을 먼저 득점하는 팀이 승리하는 게임입니다. 어렴풋이 눈치챈 분도 계실 테죠. **이 게임에서는 네 개의 공을 동시에 활용합니다.** 파란 공의 무게 2kg, 점수는 3득점. 노란 공의 무게 20kg, 점수는 10득점입니다.』

공은 네 개.

옮기기 어려운 공일수록 득점이 높은 셈이다.

『마지막으로 빨간 공! 이건 들리지 않는 것으로, **지면에서 떨어지지 않습니다.** 골대는 물론 꽃에 가져가는 것조차 무척이나 어려운 추가 요소인데, 만약 꽃에 넣을 수만 있다면 그 득점은…….』

"네! 저는 알 것 같네요!"

힘차게 손을 든 아니타.

"50점 만점이군요?!"

『1억 점입니다.』

"그렇게 불필요하게 큰 득점이 필요한가요?! ……뭐, 됐어요. 그러니까 빨간 공을 골인하면 단번에 승리. 그 이외의 공은 가벼운 순으로 2점, 3점, 10점. 그걸로 먼저 50점을 달성한 팀의 승리. 승리 조건은 단순하네요."

『네. 다만 제한 시간에는 주의해 주세요. 그럼 꿀시계를 소환!』

불쑥.

머리 위에서 무언가가 떨어졌다.

위그드라실의 잎을 접어 만든 그릇으로, 종이컵이 아닌 잎컵이라 할 수 있는 것이었다. 그 그릇을 향해 커다란 나무의 꽃에서 꿀방울이 뚝뚝 떨어졌다.

『제한 시간 **확인용**이에요. 한 방울이 1분이니 30방울로 30분입니다. 꿀시계 그릇에서 꿀이 넘치면 심판인 제가 시합 종료의 나팔을 불겠습니다.』

"응?"

아주 작은 **위화감**.

그대로 진행하려는 미이프를 향해 페이가 손을 들었다.

"방금 설명, 꿀시계가 꽉 차는 것이 시합 종료가 **아니**군?"

『네. 꿀시계는 확인용이니 제가 나팔을 불어야 시합이 종료됩니다. 그 시점에서 득점이 많은 팀의 승리를 정합니다.』

"……."

턱 끝에 손을 얹고서 생각에 잠긴다.

그 순간, 페이의 뇌리에 떠오른 **어떤 작전**은 미이프조차 알 수 없었으리라.

『또한 이 게임은 적 플레이어의 공을 빼앗거나 자기 진영의 골대에서 배제하기 위한 방해도 허락됩니다. 기본적으로 반칙은 없습니다.』

"고의 접촉도 묵인한다고?!"

곧바로 소리친 아슈란 대장.

"신이 거칠게 플레이한다면……."

『부상자가 속출하는 것은 예상 범위입니다. 아, 참고로 움직일 수 없게 되면 자동으로 인간 세계로 돌아가게 됩니다. 그때는 상처가 사라지니 안심하세요.』

"……인간의 스포츠도 부상이 따르기 마련이라지만 위험하겠네."

아슈란 대장이 쓴웃음을 지으며 돌아보았다.

그의 부하들도 앞으로 무슨 일이 일어날지를 어렴풋이 깨닫고 불안한 표정이 됐다.

"거친 플레이로 선수 퇴장은 당연하고, 교대 요원도 생각해두라는 거군. ……페이, 우로보로스 님은 안 계시지?"

"네. 거신상에 다이브하기 직전에 튕겨졌어요."

우로보로스가 있었다면.

그것만큼은 페이도 동감이다.

아누비스의 미궁 루셰이메어에서 마구 날뛴 무패의 신(자칭)이 있다면 이 게임에서 「신 팀」의 거친 플레이에 힘으로 대항할 수 있겠지만.

"아이, 또야~?!"

우로보로스의 몸이 거신상에서 튕겨져나갔다.

미궁 루셰이메어에 이어 두 번째 강제 배제.

우로보로스만이 튕겨져 나간 이유는 우로보로스의 개입을 거절하는 신이 있었던 모양이다. 이곳 위그드라실의 숲에 있는 신들은 아닌 모양이지만.

"……."

"페이 씨? 왜 그러세요?"

"어? 아니, 아무것도 아니야. 우로보로스는 괜찮을까 해서."

바라보는 펄에게, 페이는 살며시 쓴웃음을 지으며 고개를 저어 보였다.

또한 걱정되는 것은 미란다 사무장 쪽이다. 지금쯤 사무장이 홀로 남겨져 화가 난 우로보로스를 필사적으로 달래고 있을 것이 분명하다.

"하나 더 물어도 될까?"

다시 미이프에게.

"방금 말한 거친 플레이 말인데. 예를 들어 인간 쪽의 한 명이 부상을 당했다고 쳤을 때, 교대에 걸리는 시간 동안에는 꿀시계가 멈춰?"

『멈추지 않습니다.』

미이프가 고개를 저었다.

『꿀시계는 어디까지나 위그드라실 꽃의 자연 현상입니다. 항상 일정한 리듬으로 떨어져 30방울, 즉, 인간의 시간으로 30분 정도가 지나면 그릇이 가득 찰 테죠.』

"선수를 교대할 때도 플레이는 계속된다는 거지?"

『네. 선수 교대로 시간을 끌면 빈틈이 생길 겁니다. 주의해 주세요.』

규칙 설명 종료.

그와 동시에 아슈란 대장이 크게 손뼉을 쳤다.

"좋아! 거친 플레이는 경계해야겠지만 농구는 인간이 개발한 스포츠야. 운동 능력이 중요하다면 레오레셰 님의 실력이 발휘될 때지!"

레셰라면.

무게 20kg의 노란 공(10점)도 가볍게 옮길 수 있을 것이다. 아니, 옮기는 것만이 아니라 지상에서 골대까지 던져 득점도 할 수 있다.

"신 팀도 설마 인간 측에 신이었던 자가 있다는 가정하에 난이도를 설정하지는 않았겠지!"

『……아. **여기까지가 일반 규칙 설명입니다만.**』

"응?"

웅성웅성.

지금까지 자유롭게 있었던 신 팀의 아홉 선수가 일제히 이쪽을 응시했다.

『여러분 중에 「신들의 놀이」에서 5승 이상을 달성한 분이 계십니다. 그러니 **상급자 모드로 이행하겠습니다!**』

“뭐?! 잠깐, 페이의 승수 말이야?!”

비명을 지른 아슈란 대장.

그러나 그 이상으로 놀라움을 드러낸 사람이 펄과 넬이다.

“어…… 5승이라니?!”

자신의 손바닥을 빤히 바라본 펄이 퍼뜩 페이에게 시선을 돌렸다.

“**하지만 페이 씨의 승리 수는 4승**…… 으읍?!”

“쉿! 말하지 마!”

소리치던 펄의 입을 넬이 뒤에서 다급히 막았다.

그렇다. 두 사람이 놀란 것에는 이유가 있다.

“……잊었나, 펄. 페이 공은 북메이커에게 3승을 잃어 **알려진 승리 수보다 3승이 적다**는 건 사무장과 비밀로 하기로 했잖아.”

“마, 맞아요! 그래서 4승일 텐데……!”

억누른 목소리로 속삭이는 넬과 펄.

그런 두 사람의 본 페이도 무심코 자신의 오른손을 바라보았다.

『V』.

신들이 새긴 승리 수. 이 숫자는 절대로 틀리지 않고, 속일 수 없다.

그렇기에 알 수 없었다.

……펄의 말이 맞아.

……**우리 전원이 4승일 텐데** 어째서 하나 더 추가된 거지?

페이의 승리 수 변화 추이.

①：레셰와 만난 시점 3승 0패

②：【승리】거신 타이탄 전 4승 0패

③：【승리】무한신 우로보로스 전 5승 0패

④：【승리】태양신 마아트마 2세 전 6승 0패

⑤：【패배】도박신(북메이커) 전에서 3승 소실 3승 0패

⑥：【승리】도박신(북메이커) 전에서 넬 복귀 넬 복귀

——팀 전원이 3승 0패——

⑦：【승리】명계신 아누비스 전 4승 0패

자신의 승수는 4승일 것이다.

그런데 페이, 그리고 펄의 손에는 모두『Ⅴ』가 새겨져 있었다.

……어째서 1승이 많아졌지?

……북메이커와의 게임 직후엔 전원이 3승. 그건 확인했어.

원인은 아마도 명계신 아누비스.

그 던전에서의 승리가 **2승**이었을 가능성이 크다. 그렇다면 어째서 2승인가. 짐작되는 것은 우로보로스의 한마디다.

"그 미궁에는 신이 여섯 있었어."

여섯 신에는 우로보로스와 아누비스도 포함된다.

그리고 정체불명의 신들이 넷이나 루셰이메어의 어딘가에 숨어있었다고 했다.

……이유는 모르겠지만, 그 미궁에는 신이 여럿 있었어.

……그래서 승리 수가 늘어난 건가?

레셰와 넬도 마찬가지다.

똑같이 손바닥을 바라보는 이유는 두 사람도 지금 그 사실을 깨달았기 때문일 것이다.

원래 자기 손바닥은 매일 본다. 그런데도 깨닫지 못했던 것은 이 변화가 바로 직전에 일어났기 때문이 분명하다.

"……이유는 모르겠지만, 우리가 5승인 모양이다……."

모호한 말투의 넬.

"무슨 함정이 아니었으면 좋겠는데…… 하지만 한 가지 새로운 발견도 있었다. **신들의 놀이는 이길수록 난이도가 오른다.**"

"야, 야. 좀 봐줘."

아슈란 대장이 머리를 긁어댔다.

"아니…… 알고 있었어. 그럴 가능성이 있다는 추측은 전부터 있었어. 역사상 신들의 놀이에서 10승을 달성한 사람이 한 명도 나오지 않은 이유도 어쩌면 9승과 10승째의 게임 난이도가 공략 불가능한 수준이 아닐까, 하고…….”

그것이 처음 증명됐다.

신들을 모시는 미이프가 확실하게 말해주었다.

『잠시만요.』

그 미이프가 아슈란의 머리 위로 다가왔다.

『저는 상급자 모드가 적용된다고만 말씀드렸습니다. 난이도와는 별개입니다.』

“그렇군! 그 내용에 따라서 오히려 난이도가 낮아질 수도…….”

『후후.』

“그 의미심장한 웃음은 뭐야?! 야, 페이! **네가 7승이잖아!** 부탁한다!”

“……노력해볼게요.”

아슈란 대장에게 끄덕이는 한편, 페이의 의식은 이미 상급자 모드에 집중되어 있었다.

이 신수의 열매 농구는 극히 단순하다. 그렇다면 상급자 모드는 여기에 복잡성을 추가한 규칙일 가능성이 크다.

“알려줘. 어떤 규칙이 추가되지?”

『네. 그건…….』

미이프가 말하려던 그 순간.

『시합 종료 판정 때 최소 득점 제거(미니멈 페널티) 규칙이 추가돼!』

더는 기다릴 수 없다는 듯이.

세 요정 님프의 목소리가 울렸다.

『잘 들어, 인간. 딱 한 번만 말해줄 거야! 이 상급자 모드에서 추가되는 건 타임 업 때의 특수 판정이야. 시합 종료 시 양쪽 모두 승리 조건인 50점을 달성하지 못했을 경우 점수가 높은 팀이 승리하는데, 상급자 모드는 여기서 『미니멈 페널티』라는 특수한 계산이 더해져. **골 수가 제일 적은 공의 점수는 노카운트.** 아, 하지만 1억 점인 들리지 않는 공은 덤이니까 예외지. 여기서 말하는 건 그 이외의 2점 공, 3점 공, 10점 공이야. 그렇게 해서 미니멈 페널티를 적용한 점수가 더 높은지 정한다는 거지. 알겠지? 알았다면…….』

『기다리세요, 님프.』

수인 드라이어드의 자상한 제지.

그 순간, 맹렬한 기세로 이야기하던 님프가 번뜩 정신을 차렸다.

『……어라? 내가 또 200시간 연속으로 이야기했어?』

『아니요, 몇십 초만요. 하지만 저길 보세요. 인간들이 다들 멍해지지 않았습니까. 규칙 인식에 당황하고 있습니다.』

……짝.

녹색 피부의 드라이어드가 손뼉을 쳤다.

『그럼 구체적인 예시를…… 시간 종료 시에 당신들의 팀이 34점을 득점했다고 가정하고, 그중 2점 공×6번(12점),

3점 공×4번(12점), 10점 공×1번이라고 합시다. 그때 가장 골 수가 적은 공의 점수를 세지 않는다는 특수 계산식입니다.』

2점 공×6번(12점).

3점 공×4번(12점).

10점 공×1번(10점). →미적용.

미니멈 페널티에 의해 골 수가 적은 10점 득점이 적용되지 않는다. 따라서 최종 점수는 24점.

『이 미니멈 페널티의 계산을 거친 후 서로의 최종 득점으로 승패가 정해집니다.』

"……응? 그렇다는 건……."

미간을 찌푸린 아슈란 대장.

"예를 들어 시간 종료 시에 인간 팀의 점수가 위라 해도 미니멈 페널티라는 판정 때문에 점수가 역전될 경우가 있다는 거군. 모처럼 10점 공으로 득점해도 방금 말한 사례라면 노카운트라는 거지?"

『맞아!』

님프 셋이 트렌트의 가지에 올랐다.

『득점이 높은 공일수록 미니멈 페널티를 받으면 손해가 커. 10점 공을 유용하게 활용하고 싶다면 10점 공으로 많이 득점할 것. 맞지? 트렌트.』

『………………――――』

『아, 넌 인간의 말을 하지 못했지? 내가 말이 많으니 상관없겠지. 뭐, 됐어. 이걸로 규칙 설명은 끝. 자, 인간들도 빨리 10명을 뽑아.』

음?

신 팀은 님프와 드라이어드와 트렌트가 셋씩이니 아홉밖에 없다.

10명을 뽑으라는 건 신 팀의 자비인가? 인간 측이 슬쩍 그런 생각을 한 순간.

『그럼 신 팀의 마지막 멤버가 등장합니다.』

미이프의 드높은 선언에 인간 팀 모두가 한숨을 쉬었다.

안일했다.

이 게임은 신과 인간의 전력 대결. 당연히 자비 따윈 존재하지 않는다.

『수호수 키퍼 베어가 등장합니다!』

『그오오오오오오오!』

수풀이 바스락 흔들리며.

갈색 모피를 두른 「어딜 봐도 인형입니다」 하고 말하는 듯한 복슬복슬 곰이 나타났다.

신장은 대략 3미터.

성인조차 어린아이처럼 보이는 거구의 곰이다.

『수호수 키퍼 베어는 공격에 참여하지 않습니다. 신 측의 골(꽃)대를 지키는 문지기입니다.』

"……이 곰은, 설마, 그 전설의?!"

펄이 거대한 곰을 가리켰다.

그러는가 싶더니 소곤소곤 귓속말했다.

"페이 씨, 사실 전 저 곰의 정체를 알고 있어요!"

"뭐?!"

"확실해요. 저건 **숲속 곰돌이 씨**! 유명한 동요에도 나오는 전설의 복슬복슬 야수예요!"

"……아니, 키퍼 베어라고 소개했는데."

"숲속 곰돌이 씨예요!"

"……알았어. 그건 그렇다 치고, 신 쪽은 10명이군."

이 농구의 참가 인원은 10 VS 10. 인간 쪽도 10명을 선출해야 한다.

어떤 멤버를 골라야 할까?

운동 능력이 뛰어난 레셰와 넬. 물론 펄의 어라이즈도 크게 활약할 기회가 있을 것이다. 그렇다면…….

"야, 페이."

아슈란 대장이 이쪽을 돌아보더니 손으로 제스처를 보였다.

저쪽으로(빠져라) **가**라고.

"통괄 리더의 명령이다. 너희 팀 넷은 힘을 아껴둬. 스타팅은 나와 내 『블레이즈』에서 10명이 나간다."

"어? 그렇다면……."

"너도 들었잖아. 이 게임은 거친 플레이가 인정돼. 게임의 전모가 판명되기 전에 네가 부상당하는 건 재미없다고."

"……마음은 기쁜데요……."

"그렇군요!"

아니타가 감탄한 표정으로 손뼉을 쳤다.

"그러니까 게임의 필승법을 찾을 때까지의 희생양이라는 거군요! 정말로 아름다운 자기희생이에요. 그렇다면 저도 후반을 대비해 힘을 아껴야……."

"넌 선발 멤버다."

"네에에에?!"

아니타의 표정이 굳었다.

아무래도 자신도 특별 대우를 받을 것이라 믿어 의심치 않은 듯하다.

"아슈란 대장, 아니, 통괄 리더! 저도 언니들과 같은 팀으로 움직이고 싶어요! 후반 등장이 어울릴 것 같지 않나요?!"

"신들의 거친 플레이에서 살아남는다면 말이지."

"희생양은 싫어요오오오오오오!"

"그럼 가자."

싫어하는 아니타의 목덜미를 붙든 아슈란 대장이 그대로 끌고 갔다. 심판인 미이프의 바로 아래로.

"통괄 리더는 나. 그리고 선발은 나와 내 뒤에 있는 열 명이야."

『게임 준비가 끝났군요!』

미이프는 황토색으로 빛나는 표주박을 꺼냈다.

흡사 진짜 나팔처럼 그 끝을 입에 물었다.

『위그드라실 숲을 무대로 게임 『신수의 열매 농구』를 시작하겠습니다!』

시합 시작 신호.

미이프가 분 표주박 나팔 소리가 위그드라실 숲에 메아리쳤다.

VS 『신수 숲의 수호자들』

게임 내용 『신수의 열매 농구』.

【승리 조건】 50점을 먼저 달성하는 팀의 승리.
양쪽 공간의 커다란 나무가 골대로,
거기에 공을 넣으면 득점.

【승리 조건 2】 시간 종료 시 득점이 높은 팀이 승리.
단, 미니멈 페널티의 특수 계산이 더해짐.

【기타】 공 네 개를 동시에 사용.
녹색은 2점(1kg). 청색은 3점(2kg).
황색은 10점(20kg).
적색은 보너스인 1억 점(중량 ∞).
숲의 모든 것을 장치로 활용 가능.

『꺄아! 자, 시작됐어, 인간들아!』
세 님프가 기뻐하며 날아올랐다.
『우리는 이 숲을 전부 아니까 너희에게 4분 동안 생각할 시간을 줄게. 작전을 세우든 숲을 견학하든 마음대로 해!』
"……얕보기는. 하지만 핸디캡을 얻을 수 있다면 환영하지!"
신 팀 10명은 자신들의 구역에서 움직이지 않는다.
그 모습을 본 아슈란 대장이 투지에 찬 미소를 떠올렸다.
"다들 집합해! 잘 들어, 4분밖에 없어. 작전에 2분, 이 숲의 기믹 수색에 2분이다. 우선 작전 말인데……."
"아슈란 대장, 외람되지만!"
코트 밖.
페이의 옆에 선 넬이 외쳤다.
"이건 게임이지만 스포츠다! 스포츠라면 가장 중요한 건 포지션 결정! 오펜스와 디펜스를 몇 명씩 정하는 게 중요하다!"
"그래, 넬! 오펜스와 디펜스는 몇 명씩이지?!"
"……모르겠다."
"그게 제일 중요한 거잖아?! 제길, 그럼 시합 중에 조정한다! 우선 오펜스와 디펜스는 5명씩으로 하자. 오펜스가 뛰어난 녀석은…… 제시, 그래튼, 단과 나인가. 그리고 아니타, 넌 어느 쪽이 좋지?"
"잠시만요, 리더!"

질문을 받은 아니타가 기다렸다는 듯이 입을 열었다.

"중요한 걸 잊은 것 아닌가요?"

"……뭐?"

"이 게임은 공이 네 개. 오펜스 다섯 명이서 공 네 개를 들어도 제대로 패스할 수 없어요! 각개 격파당해서 공을 빼앗길 뿐이에요!"

"아?! 그럼 오펜스를 늘릴까…… 공 네 개를 들고 달려야 하니 적어도 네 명이 필요하고 패스를 받을 사람이 필요하니 오펜스 여덟 명이군!"

"디펜스가 둘이면 적을 막을 수 없어요!"

"어쩌라는 거야?!"

아슈란 대장이 머리를 마구 긁적였다.

그런 인간 팀의 종합 리더를 내려다본 요정이 배를 잡고 웃었다.

『꺄하하! 4분은 순식간이네. 벌써 2분 지났는데?』

"뭐야?! 크, 큰일이야……!"

벌써 2분 경과.

그런데도 오펜스와 디펜스의 비율조차 정하지 못했다.

『어쩔 수 없습니다, 님프. 이건 인간의 농구와는 다르니까요.』

팔짱 낀 드라이어드의 미소.

물론 연민이 아닌 압도적인 여유의 발로일 것이다.

『방침을 정하지 못하는 모양이군요. 그럼 인간, 한 가지 게임의 힌트를 드리죠. 부디 잘 활용하세요.』

드라이어드 셋이 똑같이 두 손을 벌려 보였다.

『이 대결, 우리는 **항상 어떤 작전을 바탕으로 움직입니다.**』

"뭐라고?!"

『우리의 완전 승리를 위한 전술이라고 해도 되겠죠. 우리는 그 작전에 따라 움직입니다.』

"……정성스러운 안내, 고맙다. 그렇다면……."

꿀꺽, 아슈란 대장이 마른침을 삼켰다.

"**신의 작전을 맞춰보라**는 건가. 그럼 우리에게도 승산이 있다고."

『글쎄, 어떨까요.』

드라이어드가 생긋 미소 지었다.

『이 게임은 무엇이든 가능합니다. 지혜와 몸과 어라이즈. 모든 것을 사용해 도전하세요.』

"그래, 도전해주마!"

작전 타임은 앞으로 1분.

제일 먼저 아슈란 대장이 대지를 박찼다. 네 개의 볼이 떨어진 코트 중앙을 향하는 그의 뒤로 팀『블레이즈』의 부하들이 따랐다.

그 용맹한 모습을.

코트 밖에서 소리 높여 응원하는 펄과 넬.

대조적으로 그루터기에 앉아 말없이 지켜보는 페이와 레셰.

"……신의 작전이라."

페이도 응원하고 싶은 마음은 똑같다.

그러나 말없이 주먹을 쥐고서 그 충동을 의식적으로 억눌렀다. 리더인 아슈란에게 부탁을 받은 페이의 역할은 응원이 아닌 통찰이니까.

공략 스텝 1 : 신의 작전을 간파하는 것.

공략 스텝 2 : 신의 작전을 뛰어넘는 작전을 세우는 것.

이 게임.

아마도 **시간과의 싸움**이 될 것이다.

"자, 일단 오펜스와 디펜스는 5:5다. 아까 말한 멤버로 가자!"

코트를 달리는 아슈란 대장이 박차를 가했다.

"오펜스 인원은 나를 따라와! 아니타, 너도!"

"그, 그쪽은 코트 중앙이에요!"

다급히 따라가는 아니타.

아슈란 대장의 등을 바라보며 빠르게 물었다.

"포지션이 정해지면 다음은 이 숲의 기믹 고찰 아니었나요?!"

"그런 건 없어!"

"없다고요?!"

"중요한 걸 잊고 있었어! 애초에 이거면 단번에 승리한다는 걸!"

아슈란이 가리킨 것은 빨간 공.

뜨지 않는 열매.

네 개의 공 중에 가장 큰 대신 단번에 승리할 수 있는 1억 점의 공이다.

"이 녀석의 무게를 알아보는 것도 연구라는 거지. 들 수 없어도 축구의 드리블처럼 지면을 굴리면 된다고…… 응? ……어, 어라?"

아슈란 대장의 움직임이 멈췄다.

직경 2미터는 될 법한 빨간 공을 필사적으로 밀어보지만 꼼짝도 하지 않았다.

"크…… 역시 무겁네! 너희도 도와!"

오펜스 5명 전원이 밀어도 전혀 움직이지 않았다.

"……큭?! 그렇다면 전원이 민다!"

인간 측 10명 전원이 돌격.

그 기세와 충격에 빨간 공이 움직였다.

다만 고작 몇 밀리뿐. 그 이상으로 움직일 낌새도 없었다.

"무겁다는 차원이 아니잖아?!"
아슈란 대장이 비명을 질렀다.
무거운 줄은 알았지만 설마 이 정도로 말도 안 되는 무게일 줄이야.
"이건 말도 안 되잖아! 이봐, 미이프!"
『그냥 보너스 요소니까요.』
"그렇게 『아까 말했잖아요』라는 표정으로 말하지 말라고! ……얘들아, 바꾸자. 목표는 저 작은 볼 세 개다!"
그때.
아슈란이 세 개의 공을 가리킴과 동시에 신 팀이 움직였다.
『4분 경과. 작전 타임을 유용하게 사용하지 못한 모양이군요.』
초원을 달리는 드라이어드.
온화했던 목소리와 느긋했던 거동과는 다르게, 그 질주 속도는 어마어마하게 빠르고 가벼웠다.
『꺄하! 뜨지 않는 열매에 욕심을 부린 게 실수였지. 자, 가자, 트렌트!』
님프의 날카로운 웃음소리.
님프가 가지에 앉은 트렌트의 다리를 대신해 뿌리를 움직여 접근했다.
드라이어드가 빠른 속도라면.
뒤를 쫓는 트렌트는 흡사 거대한 벽이 다가오는 듯한 박력이 있었다.

『자, 드라이어드, 트렌트! 우선은 포메이션 8이야!』

"……포메이션 8이라고?!"

아슈란 대장의 표정이 굳어졌다.

신 팀의 움직임은 항상 **어떤 작전**을 바탕으로 한다. 그러나 방금 호령으로 볼 때 그 작전에 맞춰 최소 1~8가지의 포메이션이 마련되어 있을 것이다.

꺼낼 수 있는 카드의 수가 너무 차이 난다.

"큰일이야, 상대의 작전을 못 읽겠어!"

"그러니까 말했잖아요오오오오!"

머리를 감싸 쥔 아슈란 대장과 곧바로 항의하는 아니타.

"우선 공을 확보하죠, 리더! 신의 작전을 알 수 없어도 이쪽이 공을 독점하면 계획을 막을 수 있을 테니까요!"

"그럼 당연히 10점 공이겠군!"

2점 공(1kg), 3점 공(2kg), 10점 공(20kg).

아슈란 대장이 손을 뻗은 순간 옆에서 다가온 트렌트의 뿌리가 그 손을 쳐냈다.

"앗?!"

『이렇게 보여도 트렌트의 촉수는 재주가 좋습니다.』

그대로 굴러가는 10점 공.

아슈란의 부하가 주울 틈도 없이 10점 공을 들어 올린 드라이어드. 그대로 배구의 토스처럼 하늘 높이 던졌다.

『패스합니다, 님프.』

『꺄하! 왔다, 왔어! 맡겨줘, 드라이어드!』

공의 낙하지점에 위치한 님프.

인간의 손바닥 크기밖에 안 되는 소인이 20kg이나 되는 공을 받을 수 있을까?

『바람아, 흩날려라, 흩날려라, 흩날려라.』

님프가 바람 마법을 발동.

솟구치는 바람이 10점 공을 받아냈다.

"디펜스 5명, 저 10점 공을 반드시 막아!"

"보세요, 리더! 2점 공과 3점 공이 남아 있어요. 신 팀은 10점 공에 인원을 과하게 집중하고 있어요!"

"뭐야?!"

아니타가 달려간 곳에는 여전히 땅에 놓인 두 개의 공이 있었다.

신 팀은 일곱이 10점 공을 가지러 왔다. 그 대가로 2점 공과 3점 공은 아직 손을 대지 않았다.

"하, 하지만…… 이 둘을 더해도 5점이라고. 10점 공으로 골을 먹으면 5점 손해잖아!"

"아니요! 이제 알겠어요!"

아니타가 2점 공을 들었다.

"이 게임을 공략하는 열쇠, 그것은 바로 최고의 점수 효율이에요! 구체적으로는 한 명 당 기준치 1.5점, 이걸 넘는 포메이션이 열쇠예요!"

세 가지 공의 총득점은 15점(2+3+10).

한 팀은 10명.

다시 말해 득점 효율은 한 명당 1.5점이 기준.

"신 팀은 10점 공에 일곱이나 모여 있어요. 일곱이 10점을 벌어도 한 명당 1.4점. 이건 반대로 비효율적이에요!"

"……그렇다는 건 우리는 그 반대를 노려야!"

"맞아요! 남은 2점 공과 3점 공. 이걸 둘이 옮기면 한 명당 2.5점! 우리는 남은 여덟 명이 10점 공을 막으면 돼요!"

작전은 이렇다.

신 팀이 경시한 2점 공과 3점 공(총 5득점).

이것을 아니타와 아슈란이 입수.

인간 팀의 다른 여덟 명은 아군 쪽 나무에 올라 골 앞에서 철저히 방어.

"이쪽 여덟 명이 골을 지킨다면 아무리 신이라 해도 10점 공으로 득점하기란 어렵겠죠. 상대가 0점이라면 이쪽은 5점을 벌면 돼요!"

그 전제로서.

신 팀보다 빨리 2점 공과 3점 공을 확보한다.

"3점 공 확보했다!"

"저도 2점 공을 잡았어요! ……후후. 신은 욕심부려 10점 공을 중시하지만 점수가 낮은 이쪽 공이야말로 승패를 가를 거예요!"

아슈란 대장, 아니타가 공을 들었다.

그 순간 풀을 휘날리며 두 드라이어드가 쫓아왔다.

『이런, 회수당했군요. 하지만 골까지 공을 던질 수 있겠습니까?』

"큭……!"

머리 위 50미터의 꽃을 올려다본 아슈란.

공을 던지려 자세를 잡았지만 잠시 멈칫한 후 이를 악물고 다시 달렸다.

힘이 부족하다.

아슈란의 어라이즈는 육체 강화의 초인형이지만 2kg의 공을 골대까지 던질 정도의 완력은 없다고 판단한 것이다.

"이봐, 아니타! 네 어라이즈는 온몸이 강철이 되는 거였던가?"

"제 『몸도 마음도 강철로(아이언 하트)』는 강철이 되는 게 아니라 제 몸이 강철처럼 단단해지는 것뿐이에요!"

"초인형이군. 저기까지 공을 던질 수 있겠어?"

"……힘들겠네요!"

"나도 마찬가지야. 그럼 골까지 달려가자고!"

공을 옆구리에 끼고 달리기 시작.

대자연의 숲이니 지면이 평평하지 않은 것은 당연. 거대한 나무뿌리가 여기저기서 튀어나와 있어 조금이라도 방심하면 바로 다리가 걸려 넘어질 것이다.

"서둘러! 드라이어드의 쫓아오는 속도가 굉장히 빨라! 따라잡히면 성가셔진다고!"

"아슈란 대장! 대장의 어라이즈『안전 자동차(세이브 드라이버)』는……."

"목소리가 커진다. 그리고 귀가 조금 밝아져."

"에게?!"

"에게라니?! 이런 게임에선 도움이 된다고! ……다들!"

아슈란이 후방의 부하들을 향해 소리쳤다.

어라이즈『세이브 드라이버』는 이른바 걸어다니는 스피커.

신들의 놀이는 광활한 필드에서 펼쳐진다. 거기서 의외의 난관으로 발생하는 문제가「필드가 너무 넓어 아군의 목소리가 들리지 않아 의사소통할 수 없다」는 문제다.

아슈란의 어라이즈는 그 문제를 해결한다.

큰 파도, 폭풍이나 눈사태의 굉음 등 모든 소리를 돌파해 자신의 목소리를 전달한다.

"오펜스는 맡겨둬! 디펜스는 골대를 사수해!"

후방 50미터.

아슈란 대장의 부하가 일제히 끄덕이며 머리 위 가지로 올랐다.

가지에서 가지로. 통나무처럼 두꺼운 위그드라실의 가지는 사람 여럿이 한꺼번에 뛰어올라도 꼼짝도 하지 않는다.

골 앞에서 경계하는 인간 팀 8명.

거기에.

신 팀이 올라왔다.

『꺄하호! 자, 트렌트, 그대로 돌격!』

바람 마법의 소용돌이로 10점 공을 들어 올린 님프.

그 뒤에서 굉장한 발소리를 울리며 거대한 그루터기, 트렌트가 뛰어왔다.

"빨라……?!"

"위그드라실의 **기둥을 따라 그대로 타고 올랐다**고?!"

인간 측 디펜스 진영이 가지를 발판 삼아 오른 것에 반해, 트렌트는 우뚝 솟은 위그드라실의 기둥을 일직선으로 달려 올라왔다.

『꺄하하! 가라! 트렌트!』

세 트렌트가 인간 측 골대를 향해 폭주 기관차처럼 돌진.

골대를 지키는 인간 팀과 부딪쳤다.

"으아아아아아?!"

위그드라실의 가지 위에서 팀『블레이즈』의 멤버가 공중에 떠올랐다.

트렌트의 돌격에 튕겨져나간 것이다.

『아하하하! 이걸로 꽃이 무방비해졌네! 자, 슛!』

텅 빈 꽃을 향해 님프가 공을 던졌다.

바람에 날린 10점 공이 호를 그리고 그대로 꽃(골대)으로 들어가……지 못하고, 들어가기 직전에 공중에서 멈췄다.

바람이 휘몰아친다.

공을 내리누르는 바람과 공을 튕겨내려는 바람이 부딪쳤다.

『어머?』

"……바람 마법은…… 당신만 쓸 수 있는 게 아닙니다!"

가지 위에 쓰러진 은발 소녀.

트렌트의 돌격에 쓰러졌음에도 마법사 소녀가 필사적으로 손을 내밀었다.

바람 마법 VS 바람 마법.

신의 선풍과 인간의 선풍이 공 하나의 제어권을 두고 팽팽히 맞섰다.

"팀 『블레이즈』의 신입입니다. 앞으로 잘 부탁해요!"

"오오, 럭스! 너 신입 주제에 제법이잖아!"

"……서둘러주세요, 대장!"

아슈란 대장에게 칭찬받으면서도 럭스라 불린 소녀는 필사적이었다.

"계속 밀리고 있어요! 오래는 못 버텨요, 빨리 득점을!"

"맡겨줘!"

아슈란 대장이 아래를 바라보았다.

어느 틈에 이렇게 가까워졌는지, 나무의 잎에 녹아들 듯이 잎과 같은 파릇파릇한 색상을 한 드라이어드 둘이 이쪽을 바짝 따라잡고 있었다.

『어머, 들켰네요.』

"서둘러, 아니타!"

가지에서 뻗은 덩굴로 뛰어오른 아슈란 대장.

로프를 건너듯 크게 흔들리는 덩굴 위를 달려 신 팀의 골대로.

『그오오오오오오오!』

짐승의 포효.

울창한 나뭇잎 사이로 갈색 거구가 달려들었다.

"뭐지?!"

"그, 그 녀석이에요, 대장! 그게, 수호수인……."

"숲속 곰돌이 씨네요!"

고요.

지상에서 모든 상황을 지켜보던 펄의 목소리에 주위가 고요해졌다.

"……."

"……."

신 팀이 「……그 이름은 또 뭐야?」 하고 돌아보고.

당사자인 수호수 키퍼 베어 씨도 「어? 그게 내 이름이야?」 하고 물어보듯 멍하니 있었다.

그 틈에.

"지금이에요, 대장!"

"빈틈이구나, 곰돌아!"

빠르게 정신을 차린 아니타와 아슈란 대장이 골을 향해 공을 넣었다.

당황한 수호수 키퍼 베어는 당연히 무시했다.

『골!』

『이거 굉장합니다! 인간 팀이 5점을 추가합니다!』

그 상황에, 미이프도 신난 목소리로 외쳤다.

신 팀이 압도적인 지리적 장점을 가진 숲에서 처음 득점한 쪽이 인간 팀이었을 줄은.

『뭐 하는 거야?! 키퍼 베어!』

아득히 멀리 인간 측 골에서 님프가 소리쳤다.

『이쪽은 공격에 더 많이 가담하고 있어! 네가 골대를 지키지 않으면 안 되잖아! 덕분에 5점이나 당했어!』

『……그르르.』

『상관없습니다.』

님프를 대신해서.

그렇게 답한 것은 **지상을 달리는** 드라이어드 둘이었다.

『5점을 빼앗겼다면 10점을 넣으면 될 뿐.』

"음?"

제일 먼저 위화감을 깨달은 것은 넬이었다.

이상하다. 지상을 달리는 드라이어드는 신 팀 측의 나무를 오르던 둘이었다. 그런데 벌써 나무에서 내려와 지상에 있다.

"크, 그런 건가! 아슈란 대장!"

넬이 외쳤다.

이 거리에선 들리지 않을 것이다. 이미 각오한 바이지만.

"돌아와라! **상대는 아홉이 골을 노리는 작전이다!**"

『늦었습니다. 튕겨라, 꽃들.』

드라이어드 셋이 손가락을 튕김과 동시에 위그드라실의 가지에 있는 수많은 봉오리가 펑 소리와 함께 터지더니 기관총처럼 씨앗이 발사되었다.

"아파?!"

씨앗 탄환을 맞은 인간 팀 몇 명이 낙하.

이것이 드라이어드의 풀 마법.

님프의 바람 마법과는 다르게 이쪽은 위그드라실의 잎과 꽃을 자유롭게 조종하는 능력이다.

거기다.

『가라, 트렌트!』

님프가 탄 거구들이 재돌격. 간신히 일어나고 있던 사도들이 다시 비명을 지르며 위그드라실의 기둥에서 나가떨어졌다.

"다들!"

바람 마법사 럭스의 눈이 커졌다.

인간 쪽에서 움직일 수 있는 것 자신 혼자.

그런데 신은 님프 셋이 한곳에 모였다.

『안타깝게 됐네! 인간 하나의 마법으로 신을 이길 수 있을 리가 없잖아!』

"……꺄아아아아아!"

님프가 쏜 바람이 더욱 거세지며 마법사 소녀를 날려버렸다.

쓰러진 인간 팀 8명.

무방비해진 꽃을 향해 님프가 느긋하게 10점 공을 던졌다.

『10점 공 골!』

『점수는 5 대 10, 신 팀의 역전입니다!』

당했다.

인간 팀의 모두가 마음속으로 그렇게 외쳤을 것이다.

인간 세계의 경기와는 다르다. 축구, 농구, 탁구, 테니스 등. 인간 세계의 모든 구기종목은 **점수를 딴 다음엔 경기를 재시작한다.**

그 이유는, 공이 하나니까.

골 후에 그 공을 고정된 재시작 지점으로 돌리는 시간이 있다.

"이 경기엔 그게 없어……."

넬이 주먹을 쥐었다.

너무 늦게 깨달은 사실이 안타까웠다.

"득점 배분이 다른 공이 넷. 공 하나로 득점해도 남은 세 개의 공방은 1초도 멈추지 않아……!"

아니타와 아슈란 대장은 안심하고 말았었다.

2점 공과 3점 공으로 골을 넣었다.

이걸로 다시 **재시작**하리라고 방심했다. 그 틈에 신 팀의 드라이어드가 역주행해서 10점 공에 모든 멤버가 모였다.

그것이 인간과 신의 스포츠에서 다른 점이다.

신은 멈추지 않는다.

지금도, 이후로도.

1초도 게임 진행이 멈추지 않는 RTS(리얼 타임 스트래티지) 형 스포츠.

체스처럼 유연한 작전 수정과 공수 전환이 필요하다. ……그와 동시에 지금까지 보여준 신 팀의 연계가 전부 **어떤 작전**이 바탕이라고 한다.

신의 작전은, 뭘까?

『까하하! 벌써 5점 차, 이게 결정타가 되지 않았으면 좋겠네?』

"……아직 멀었어!"

아슈란 대장이 이를 악물었다.

그 옆에 선 아니타도, 그리고 쓰러진 부하들도 아직 투지의 불씨는 꺼지지 않았다. 다들 전의에 찬 눈빛으로 신 팀을 노려보았다.

"리더, 적 작전의 정체는……."

"조급하게 굴 것 없어, 아니타. 시합은 이제 막 시작이니까!"

아직 답은 나오지 않았다.

신 팀이 그 시간을 허락하지 않는다. 철저하게 빠른 공격 템포를 유지하는 것으로 인간 팀이 생각할 시간을 주지 않는다.

그런 상황에서.

페이만이 코트 밖에서 전혀 다른 것을 응시했다.

"……."

꿀시계.

뚝, 뚝.

머리 위에서 황금색 꿀이 한 방울씩 그릇 위로 떨어진다. 그 모습을 응시하며.

"혹시 신의 작전이…… 그렇다면…… 그걸 역으로 이용할 수 있지 않을까?"

단 한마디.

페이의 혼잣말을 들은 것은 옆에 선 주홍색 머리카락의 소녀뿐이었다.

Chapter

Intermission 그래서 내가 무패라니까

God's Game We Play

신비법원 루인 지부.

그 지하에 있는 다이브 센터에서, 미란다는 줄곧 서있는 채로 움직이지 않고 있었다.

"……아, 피곤해. 다리 아파……."

이미 한 시간 가까이 서있었다.

평소라면 뒤에 있는 소파에 등을 기대고 편한 자세로 신들의 놀이를 지켜봤을 것이다.

"……이번에는 **신안 렌즈를 착용하지 않았으니까.**"

신비법원에도 게임 영상이 오지 않는다.

그 이유는 명계신 아누비스에 의한 **플레이어가 강제로 같은 게임에 모인 사건**으로 거신상의 이상이 발견됐기 때문이다.

이번엔 그 문제가 해결됐는지를 확인하기 위한 테스트 플레이. 세계에는 공개되지 않는다.

하지만.

이유가 그것만이라면 미란다는 느긋하게 소파에 앉았을 것이다.

"인간."

"네, 네에에에엣!"

곧바로 등줄기를 폈다.

그렇다. 이것이 바로 미란다가 편하게 행동할 수 없는 이유이다.

자신보다 입장이 위인 자가 존재한다.

그것도 압도적으로, 초월적으로, 궁극적으로 격이 높은…… 신이.

"무슨 일이신가요, 우로보로스 님!"

거신상 위에 책상다리로 앉은 은발 소녀.

무한신 우로보로스가 정신체로서 인간 세계에 온 모습이지만, 이 신이 있는 탓에 미란다도 멋대로 쉴 수 없었다.

"할 말이 있다."

"넵!"

"이 피자, 맛있네!"

우물우물, 말없이 피자를 먹는 소녀가 환한 표정을 했다.

"고소하게 구운 피자 도우 위에 네 종류의 치즈가 잔뜩 올라가 있어서 정말 좋아. 무패인 나도 자칫하면 넋이 나갈 뻔했어!"

"참고로 그 피자, 벌꿀을 조금 뿌리면 더욱 맛있습니다."

"뭐?!"

미란다가 말을 마치자마자 우로보로스의 눈이 휘둥그레졌다.

“피자에 벌꿀을 뿌린다고?!”

“네. 치즈의 짠맛과 벌꿀의 단맛이 절묘하게 어우러집니다. 드셔보시겠어요?”

“먹을래!”

“바로 가져오겠습니다. ……그런데, 우로보로스 님.”

지금이 절호의 찬스.

맛있는 음식을 먹어서 기분이 좋아진 신에게 미란다는 신중하게 말을 이었다. 여기서 분노를 사면 말짱 도루묵이다.

“우로보로스 님께서 조사하시는 거신상의 문제 말인데요, 뭔가 단서는…….”

“…….”

“앗?! 아, 아니요. 재촉하는 건 아닙니다! 저기, 그게…… 우로보로스 님이 원하시는 만큼 조사해주신다면야…….”

“이미 알고 있어.”

“……네?”

“흐흠. 내가 이렇게 보여도 대인기 게임의 주인이니까! 귀엽고 인기 많고 사랑받는 존재니까! 그래서 내가 무패니까!”

“……네.”

방금 「대인기 어쩌고」라는 부분은 거신상 조사와 어떤 관계가 있는 것일까.

미란다는 목구멍까지 올라온 말을 힘겹게 삼켰다.

“실례가 안 된다면 설명을 부탁드려도 될까요?”

"그래!"

은발의 용이 거신상에서 뛰어내렸다.

미란다의 눈앞으로.

"신의 장치는 두 가지 있었어. 거신상하고……."

우로보로스가 바라본 것은 미란다의 손.

미란다가 쥔 검은색 소형기기를 내려다보며.

"이거."

"신안 렌즈요?!"

자신도 모르게 되묻고 말았다.

신안 렌즈는 평범한 기계다. 신비법원 본부에서 지부로 보낸 것으로, 전부 사도 개인이 관리한다.

"아까 내가 튕겨져나간 건 거신상에 장치가 있었기 때문이야. 그리고 인간들이 같은 게임에 모이는 일이 있었지? 루셰이메어라는 곳에서."

"아, 네……."

"그 장치는 이쪽."

다시 신안 렌즈를 가리키는 우로보로스.

"음…… 사슬이 달린 목줄 같은 느낌? 신이 사슬을 당겨서 목줄을 달고 있는 인간을 **수중으로 끌어모은 느낌이야.**"

"이것이…… 신의 목줄?!"

신안 렌즈는 신의 목줄로, 사도는 스스로 그 목줄을 찼다.

그리고 신의 의도대로…….
사슬이 당겨져 목줄을 찬 사도들이 한곳에 모인다.
그것이 미궁 루셰이메어 사건의 진상이었다.
"우로보로스 님 이외에도 다른 신이……?"
"응. 아마 미궁에서 내게 참견한 녀석하고 같은 신일걸?"
그리고 신이 몸을 돌렸다.
"힘의 출처는, 저기."
"……저긴 벽인데요?"
"대륙의 저쪽 방향. 세계 지도 있어? 아, 이 부근이려나."
벽에 걸린 세계 지도.
우로보로스의 작은 손가락이 가리킨 곳은.
"……신화도시 헤케트 셰에라자드……. 우로보로스 님, 여긴…… 신비법원 본부가 있는 곳입니다만."
"응."
우로보로스가 시원하게 끄덕였다.
그 사실 자체에 그다지 흥미가 없는지 바닥에 놓아두었던 진저에일 캔을 주우며.
"거기에 신이 있어. 그것도 여럿이."

Chapter

Player.2 VS 신수의 수호자 —신수의 열매 농구 ②—

God's Game We Play

1

게임『신수의 열매 농구』. 시합 2분 50초 시점에.

신 팀 10점(10점 공×1).

인간 팀 5점(2점 공×1, 3점 공×1).

『골에 따라 새로운 공이 공급됩니다!』

쿵, 쿵, 쩌적…….

그런 의성어로 표현할 수 있을 법한 소리와 함께 위그드라실의 나무에서 차례차례 세 가지 열매가 떨어졌다.

2점 공, 3점 공, 10점 공.

세 개가 거의 동시에 들어갔기에 열매가 떨어지는 타이밍도 거의 같았다.

"간다, 다시 시작이다!"

『꺄하하! 게임 룰은 이해했어? 그럼 즐겁게 놀아보자!』

외치는 아슈란 대장을 향해 유쾌하게 반응한 님프.

공이 떨어진 곳은 코트 중앙.

인간과 신, 두 팀이 세 개의 공을 향해 질주했다.

"제길…… 다들 서둘러! 뜨지 않는 공이라는 문제아는 내버려 두고, 남은 셋은 전부 내버려 둘 수 없어!"

공은 셋.

2점 공, 3점 공, 10점 공 3개에 대해 서로 10명이라는 리소스를 어떻게 분배할까?

"신 쪽은 어떻지?!"

『느려, 느려~!』

하늘에서 들려오는 님프의 조소.

『이쪽 움직임을 보고 움직이려 하다니, 그러다간 이 게임의 템포를 따라오지 못할 거야! 그럼 가져가, 트렌트!』

그루터기처럼 생긴 트렌트가 뿌리를 뻗었다.

채찍처럼 부드럽게 움직이는 뿌리가 10점 공을 감더니 옆에서 달리던 드라이어드에게 패스하고, 드라이어드가 배구의 리시브처럼 안쪽의 드라이어드에게 올려주었다.

막힘없는 연계다.

"빠르잖아?! 다들 후퇴해! 골대를 지킨다!"

"하지만…… 전원이 후퇴하면 2점 공과 3점 공까지 상대에게 빼앗길 거예요! 방어만 해선 이길 수 없어요!"

코트를 둘러본 아니타가 이를 악물었다.

신 팀은.

모든 트렌트와 드라이어드가 10점 공을 패스하며 골을

향해 접근했다.

거기다 님프가 2점 공과 3점 공을 향해 날아갔다.

"이쪽도 여섯 명이 응전하죠! 10점 공을 여섯 명이 빼앗고 2점 공과 3점 공을 네 명이 확보해요!"

『너무 느리다니까! 이쪽도 우리가 가져갈게!』

하늘에서 요정 셋이 급강하. 2점 공과 3점 공을 들려고…….

『……어?』

『……이, 이거 좀 무겁네!』

님프 셋이 얼굴을 찡그렸다. 공을 들려고 해도 몸집이 작은 님프의 팔과 날개로는 마음대로 들 수 없는 모양이다.

『뭐, 됐어. 그럼 바람으로 가져가자!』

"흥, 무력한 신이네! 늦었어!"

『어?』

님프는 알지 못했었다.

뒤에서 다가오는 아슈란 대장의 옆에서 부하 청년이 두 팔을 내밀었다는 사실을.

"시작해, 그래튼!"

"중력 마법, 발동합니다!"

검은 마법진.

님프들의 바로 아래에 마법진이 그려진 것과 동시에 묵

직하게 대기가 흔들렸다.

『꺅?!』

『몸이 무거워?!』

중력 일곱 배.

님프가 자신의 체중 변화를 깨달았을 때는.

2점 공(1kg), 3점 공(2kg)의 중량이 각각 일곱 배가 되었다. 그 무게를 견디지 못한 님프의 손에서 녹색과 파란 열매가 미끄러지듯 떨어졌다.

『이런……?!』

"대장, 확보했어요!"

그때, 따라잡은 붉은 머리의 소녀가 2점 공을 아슈란 대장에게 가볍게 던지고 3점 공을 자신의 옆구리에 끼고 달렸다.

"어떠냐, 우리 팀의 연계는! 그래튼은 2년 차 마법사고, 이쪽 붉은 머리는 제시! 저렇게 가녀린데도 어엿한 초인형으로 대형 오토바이도 간단히 들 수……."

"대장, 뒤예요!"

"으앗?!"

님프가 발사한 폭풍.

아니타의 말에 반응하지 않았더라면 아슈란 대장은 2점 공과 함께 하늘 높이 솟구쳐 올랐을 것이다.

"나이스 패스예요, 대장! 당신의 희생을 헛되이 하지 않겠어요!"

2점 공을 받은 아니타.

그리고 아슈란 본인은 공을 패스하는 것만 신경을 쓰는 바람에 폭풍을 정통으로 맞아 공중에 떠오른 뒤 지면에 추락했다.

"아파라…… 제시, 아니타! 그 공을 절대로 뺏기면 안 돼! 그래튼, 난 내버려 두고 저 녀석들을 지원해!"

"말하지 않아도 알고 있어요!"

2점 공을 든 아니타가 신 측의 코트를 질주했다.

꽃이 핀 거대한 나무를 향해.

땅에서 튀어나온 뿌리에 오른 뒤, 그대로 달려서 나무의 옹이로 뛰었다. 그리고는 몸통에서 볼록하게 튀어나온 돌기를 밟고 계속해서 위로 도약.

『인간 주제에 나무 타는 게 빠르잖아!』

『하지만 틀렸어. 하늘을 나는 우리보다 빨리 오를 수는 없잖아?』

날갯소리가 급속도로 접근.

맹렬한 속도로 날아온 님프가 바로 아래까지 따라잡았다.

"그래튼이라는 분! 최대 출력으로!"

"중력 열 배, 전개!"

검은 마법진이 빛났다.

지상에서 쏘아진 빛이 지금 막 아니타를 따라잡으려는 상공의 님프를 비췄다.

『또 몸이 무거워졌어!』

『중력 마법 너무 싫어어어어어!』

셋이 한꺼번에 지상으로 낙하.

이것으로 신 팀의 추격자는 사라졌다.

"훌륭해요, 팀 블레이즈 여러분! 남은 건 골대까지 오를 뿐이에요!"

징검다리처럼 이어지는 나무의 돌기.

이미 현재 위치는 높이 20미터 이상. 발이 미끄러져 잘못 밟기라도 한다면 지상으로 추락해 손쓸 방법도 없이 게임 오버. 신중하면서도 속도는 떨어지지 않도록 주의했다.

"갑니다!"

나무 몸통에서 가지로 올라왔다.

공을 든 아니타와 제시, 지원 담당인 그래튼이 도착.

새하얀 꽃을 향해 세 사람이 달렸고.

『그오오오오오오!』

갈색 털이 복슬복슬하게 난 거대한 짐승이 앞을 가로막았다.

"나왔군요, 숲속 곰돌이 씨!"

신 팀의 골대를 지키는 파수꾼이다.

처음엔 펄의 이명(애칭)에 당황했지만 두 번째는 보내줄 생각이 없는 듯했다.

"훗…… 하지만 가련하군요. 방금 동료인 님프가 떨어진 것을 봤을 텐데요. 자, 그래튼 씨!"

"발동!"

숲속 곰돌이가 선 가지 위에 검은 마법진이 떠올랐다.

세 번째 발동. 강력한 중력 그물이 앞에 선 자의 움직임을 붙들었다.

『그오오오오오오!』

"안 통해?!"

"크, 큰일이에요! 도망쳐요, 그래튼 씨!"

돌진하는 숲속 곰돌이.

검은 마법진의 범위 안이었음에도 네 다리를 움직여 굉장한 기세로 달렸다.

"뭐?! 열 배의 중력 안에서도 달리다니, 무슨 근력이…… 큭?!"

그래튼의 몸이 떠올랐다.

중력 마법 따윈 아랑곳하지 않는 곰에게 튕겨져서는 나무에 등을 세게 부딪혔다.

하지만 그 틈에.

소녀 제시가 골을 향해 3점 공을 던졌다.

"이걸로 3점! ……어?!"

『그오오오오오!』

제시가 내리꽂듯이 던진 공이 막혔다.

그래튼을 튕겨낸 숲속 곰돌이가 등을 돌린 채로 손을 뻗어 공중의 공을 쳐낸 것이다.

"거짓말…… 이렇게 몸이 큰데 너무 빨라……!"

굉장한 반응 속도와 민첩성.

이것이 신의 게임에서 파수꾼을 맡은 수호수이다. 아무리 빨리 공을 던져도 아마 곧바로 반응해 막아내리라.

"아, 아니요! 던진 공이 막혔다면!"

아니타는 2점 공을 든 채 도약했다. 거대한 잎을 트램펄린처럼 사용해 꽃의 위 5미터 근처까지 비상.

숲속 곰돌이의 머리 위를 뛰어넘었다.

2점 공을 두 손으로 꽉 안은 아니타는 바로 아래의 골을 향해 수직으로 떨어졌다.

"공과 함께 떨어지면 돼요!"

"……아니타 대장?!"

제시의 목소리가 굳어졌다.

5미터 밑의 골을 향해 거꾸로 낙하…… 아니, 추락이다. 2점 공으로 득점하려고 머리부터 거꾸로 떨어진다면 아니타 본인은 큰 부상을 피할 수 없다.

『2점 공 골인!』

『이것으로 득점은 7 대 10, 인간 팀이 맹추격합니다!』

미이프의 선언이 메아리쳤다.

하지만 아니타는?

그렇게 생각한 순간, 꽃 안에서 분홍 머리 소녀가 올라왔다.

"……으윽. 꽃에 뛰어든 탓에 머리까지 꽃가루투성이 됐어요."

어라이즈 『몸도 마음도 강철로(아이언 하트)』.

아니타는 온몸을 강철처럼 단단하게 만드는 능력으로 위험한 추락을 견뎌냈다.

"저는 무사해요! 자, 점수를 더 좁혔어요!"

새로운 2점 공이 공급되어 지상으로 떨어졌다.

그리고 키퍼 베어가 막은 3점 공도 지면까지 떨어졌고.

"확보했다!"

두 공을 받은 아슈란 대장.

우연히 멈춰 있던 곳에 공이 떨어지는, 행운까지 따라주는 상황이었다.

"이걸로 7 대 10! 할 수 있어, 흐름이 우리 쪽에 있다고!"

『후후…… 그렇게 자상한 게임은 아니랍니다.』

숲에서 전해지는 요염한 미소.

그 소리는 인간 측 나무에서 바람을 타고 들려왔다.

『7 대 10이라도 저희가 10점 공을 가지고 있다는 걸 잊지 마세요. 점수 차는 여기서부터 더욱 벌어질 테니까요.』

골 앞에서 서로를 노려보는 인간 팀과 신 팀.

인수는 6 대 6. 신 팀의 절묘한 패스에 농락당해 여기까지 올라오는 것은 허용하고 말았지만, 골대 앞에서 반드시 막아야 한다.

"여기서 막아내자!"

팀 『블레이즈』의 부대장이 외쳤다.

그는 온몸이 진흙투성이였다. 트렌트의 돌격을 용감하게 막으며 몇 번이고 튕겨져나간 흔적이다.

"2점 공과 3점 공은 우리한테 있어. 여기서 우리가 10점 공을 계속 막으면 역전한다!"

『그런 자상한 게임이 아니라고 말씀드렸죠? 가세요, 트렌트!』

"크! 전원, 피해!"

여섯 사도가 일제히 경계했다.

이미 몇 번이고 맛본 트렌트의 특기 『마구 짓밟기(오버 스톰피)』. 직선상으로만 달릴 수 있지만, 돌격 궤도상의 모든 장해물을 무조건 튕겨낸다.

받아내려 해도 튕겨내 진다면 포기하고 길을 열어줄 수밖에 없다.

그러나.

“……어?”

좌우로 물러난 여섯 명의 눈이 휘둥그레졌다.

트렌트가 **돌격하지 않는다.**

『후후, 선언했다 해서 무조건 필살기를 쓰는 건 아닙니다.』

드라이어드가 가지를 박차고 가속.

인간 팀이 스스로 좌우로 갈라진 것으로 골까지의 길이 텅 비었다.

『트렌트의 돌격 『오버 스톰피』는 발동까지 30초의 충전 시간(쿨다운)이 필요합니다. 그 사실을 깨닫는 게 너무 늦었군요.』

“허세였다고?!”

당했다.

트렌트의 돌격은 피하라는 학습 능력 때문에.

—요정 님프 : 힘이 없는 대신 공중 이동을 할 수 있음. 특기 「바람 마법」.

—수인 드라이어드 : 가장 민첩하고 운동 능력이 뛰어남. 특기 「풀 마법」

—수정 트렌트 : 가장 강력한 대신 느림. 특기 「돌격」.

—수호수 키퍼 베어 : 힘과 민첩성을 겸비했으나 수비 전문.

신 팀의 특성은 파악했다.

아니, 일부러 파악하게 한 것이다. 설마 그것을 역으로 노린 심리전까지 할 줄이야.

『안타깝게 됐군요.』

드라이어드가 공을 던졌다. 트렌트의 돌격을 피하려고 물러났던 인간 팀은 그 모습을 손 놓고 지켜볼 수밖에 없었다.

『10점 공 골인!』

『이것으로 점수는 7 대 20, 신 팀이 단번에 점수를 벌렸습니다!』

시합 시간 : 꿀시계로 7방울.

(=7분. 30방울이 떨어지면 시합 종료 휘슬이 울림)

신 팀 20점 (10점 공×2)

인간 팀 7점 (2점 공×2, 3점 공×1)

득점 13점 차.

두 팀의 차이가 좁혀지기는커녕 더욱 벌어졌다. 그 사실에 인간 팀 모두가 불안에 휩싸인 순간.

"교대다!"

페이는 큰 목소리로 미이프에게 그렇게 선언했다.

지금밖에 없다.

압도적인 점수 차로 인간 팀의 기세가 꺾이기 전이어야 한다는 의미로도 이 멤버 체인지는 재정비에 큰 의미를 지닌다.

"아슈란 대장! 네 명 부탁해요!"

"알았다. 디펜스, 네 명 교대다!"

팀 『블레이즈』에서 트렌트의 돌격으로 부상당한 멤버 넷이 퇴장.

교체로 페이, 넬, 레셰, 펄이 코트 안으로. 이미 모두가 같은 생각이었다.

그것은 바로 「13점 차를 뒤집으려면 단 1초도 낭비할 수 없다」는 것.

……더 말하자면 **어떻게 역전할 수 있는가야.**

……무턱대고 덤벼도 안 돼. 역전에는 신의 작전을 웃도는 작전이 필요해.

"아니타!"

페이는 필드 밖에서 소리쳤다.

"뛰어내릴 수 있어?!"

"네?"

"10점이 떨어진다!"

"……! 그, 그 정도야 쉽죠!"

신 측의 나무 위에서 아니타가 도약.

높이 50미터, 10층짜리 빌딩 이상의 높이에서 지면으로 자유 낙하.

그리고 추락.

피어오르는 흙먼지 너머로 상처 하나 없는 아니타가 뛰어나왔다. 노란색 공을 두 손으로 든 모습으로.

"10점 공, 확보했어요!"

이 게임은 득점 후에 새로운 공이 나무 위에서 떨어진다.

낙하지점은 코트 중앙. 지금 **신 팀 대부분이 인간 측 나무 위에 있다.**

신 측의 골대는 텅 빈 것이나 마찬가지.

『알아차렸군요.』

드라이어드가 얼음 위를 미끄러지듯 나무 기둥을 타고 급강하.

『이 농구는 상대방이 점수를 넣더라도 곧바로 같은 점수로 만회할 기회가 있습니다.』

인간 팀, 선수 교대 네 명.

【입장】페이, 레셰, 펄, 넬.

【퇴장】『블레이즈』에서 네 명.

"다들 달려! 펄!"

아슈란 대장이 2점 공을 던졌다.

그것을 받은 펄이 다시 공을 던졌다.

"페이 씨!"

"좋았어, 펄!"

2점 공을 한 손에 든 페이는 신 측의 나무를 향해 달렸다.

신의 작전이란.

아직 확신할 수는 없지만 예상되는 것이 있다.

그 예감이 정확하다면…… 인간 측은 상당히 내몰린 상황일 것이다. 그것도 보이는 점수 차 이상으로.

신의 작전을 웃도는 작전이 필요하다.

……이 게임은 고작 30분인 단기 결전.

……내가 순간적으로 떠올린 작전도 하나뿐이야. 중간에 바꿀 시간은 없어.

그렇기에 숨겨야 한다.

역전을 노리는 이 작전은 신 팀에게 들킨 순간 실패한다. 따라서 **마지막 1초**까지 알려져선 안 된다.

거기다가.

……지금 내가 2점 공, 아슈란 대장이 3점 공, 아니타가 10점 공을 확보했어.

……인간 팀이 15점만큼의 공을 독점했지!

신 측의 골을 지키는 것은 키퍼 베어뿐.

이 15점이 있으면 13점 차를 좁히는 것만이 아니라 신 팀보다 2점 앞설 수 있다.

"자, 잠깐만요. 10점 공은 너무 무겁다고요!"

아니타가 허덕였다.

초인형이라 해도 20kg의 공을 들고뛰는 것은 상당한 부담이 되리라.

"아니타, 내게 패스해!"

"넬, 언니?! 부, 부탁해요!"

아니타가 10점 공을 던졌다. 호를 그리며 날아가는 공이.

『후후, 받아갈게요.』

찰싹, 녹색 손이 거머쥐었다.

줄에 매달린 자세로 나타난 드라이어드의 손이.

"……어?!"

『제가 지상으로 내려오지 않는 걸 경계했어야 했네요.』

아니타의 머리 위.

거기엔 거대 나무의 가지가 복잡하게 교차하며 밧줄처럼 두껍고 튼튼한 덩굴이 겹겹이 얽혀 있어서 거미줄 같은 『하늘 그물』을 이루고 있었다.

드라이어드는 공중에서 쫓아온 것이다.

위그드라실의 가지에서 가지로, 덩굴에서 덩굴을 타며 아티나의 머리 위로.

『이 게임은 3차원이랍니다.』

그야말로.

인간과 신의『경기』의 또 다른 차이점. 축구와 농구 경기장은 가로×세로의 2차원이지만 이 게임은 3차원, 다시 말해 높이가 존재한다.

"……저의 10점 공을 돌려주세요!"

『그럴 수는 없죠. 자, 트렌트!』

드라이어드에게서 트렌트에게로.

높이 던진 노란 과일이 다시 신 팀의 손에 넘어가고 말았다.

"페이 공!"

넬의 포효.

"2점 공을 빌리겠다!"

쾅!

땅에 발자국이 남을 정도의 힘으로 넬이 2점 공을 찼다.

어마어마한 추진력을 얻은 2점 공이 대기를 가르고 드라이어드가 던진 10점 공과 격돌. 당구처럼 2점 공에 밀려난 10점 공의 궤도가 바뀌었다.

『아니?!』

신 팀이 올려다보는 가운데 10점 공이 거대 나무의 기둥에 격돌.

총알이 튕기듯 반사되어 지상으로 떨어진다. 멍하니 공을 바라보는 펄을 향해서.

"펄, 잡아라!"

"무리, 무리, 무리라고요오오오오오오!"

펄이 전력 후퇴.

잠시 후 20kg 공이 펄이 선 땅에 깊이 박혔다. 마치 운석이 떨어진 것처럼 연기가 피어올랐다.

"넬 씨?! 저걸 잡았다간 제 몸에 구멍이 생겼을 거라고요!"

"그, 그런가. 그만 내 기준으로 생각하고 말았다……. 하지만 보다시피 10점 공을 빼앗기는 걸 막아냈다!"

『꺄하하! 쫓아온 게 드라이어드뿐이라고 생각했어?』

"뭐?!"

넬이 고개를 들어도 요정 님프의 모습은 어디에도 보이지 않았다.

지상은 물론 하늘에도.

"꺄악?!"

펄의 얼굴이 창백해졌다.

펄의 발밑에서 흙먼지가 뿜어지며 님프를 태운 트렌트가 뛰쳐나왔기 때문이다. 펄이 반응할 틈도 없이 순식간에 10점 공을 촉수로 감았다.

『땅속으로 들어가는 것도 전술이야. ……근데 트렌트, 너 뭐해?』

"꺄아아아아아아아아아아아악?! 무, 무무무…… 무슨 짓인가요, 이 파렴치한 촉수—?!"

10점 공을 빼앗겼다.

그러나 어째서인지 트렌트는 그걸로 만족하지 않고 펄의 온몸을 촉수로 휘감았다.

그것도 집요하게 가슴 부근을.

"미끌미끌한 촉수가 제 옷 사이로오오오오오오오오?!"

"알겠어요!"

아니타가 말했다.

"저 트렌트는 펄 언니가 옷 안쪽에 공을 숨겼다고 착각한 거예요. 훌륭한 공이 두 개나! 있으니까요!"

"이건 공이 아니라고요오오오오오! ……에잇!"

펄이 어금니를 깨물었다.

트렌트의 촉수에 휘감긴 10점 공을 가리키며 선언.

"더 원더링, 발동합니다!"

『……?!』

님프, 드라이어드, 그리고 트렌트의 움직임이 멈췄다.

트렌트가 붙잡았던 10점 공이 사라지고, 대신 나타난 것이 2점 공. 그럼 사라진 10점 공은 어디로 갔는가 하면.

"잘했어, 펄. 이 게임, 시프트 체인지가 꽤 도움이 돼!"

노란 공을 든 페이는 다시 질주했다.

펄의 전이 능력『변덕스러운 여행자(더 원더링)』에는 펄이 3분 이내에 건드린 물체 둘의 위치를 바꿀 수 있는 능력이 있다.

페이의 2점 공과 트렌트의 10점 공을 교환.

단, 페이의 어라이즈는 육체 강화 정도가 낮다. 20kg의 공을 들고 달려도 신 팀에게 따라 잡힐 것이다.

……힘이 강한 건 당연히 레셰야.

……하지만 경기 전반, 그것도 공의 드리블이 뛰어난 건 넬.

페이가 보기엔.

그 종합력으로 추측하건대 레셰보다는 넬이 공을 빼앗기지 않을 확률이 높을 것이다.

"넬!"

"맡겨다오, 페이 공!"

페이가 패스한 10점 공을 요령 좋게 발로 받은 넬이 그대로 대지를 박찼다.

인간 측의 모두가 공을 들었지만 넬만큼은 공을 차는 드리블 주법. 그것도 숨이 멎을 정도로 빠르고 정교한 볼 컨트롤이었다.

『빨라?!』

넬을 막으려던 드라이어드의 손이 허공을 갈랐다.

거기에 님프 셋이 연달아 발사한 바람 마법조차 20kg이라는 상식 밖의 공을 교묘히 다루며 피했다.

전적으로 넬이 갈고닦은 운동 능력의 산물이었다.

『흥! 제법이네.』

바람 마법을 쓰던 님프가 차례차례 트렌트 위로 올랐다.

『하지만 이 돌격은 피할 수 없어. 자, 트렌트. 네 특기를 보여줘!』

특기『오버 스톰피』.

공을 몰고 달리는 넬을 향해 세 트렌트가 맹렬한 속도로 다가왔다.

어떤 강한 힘으로도 막을 수 없는 무적의 돌진이지만,

접근하는 벽을 앞에 두고도 넬은 여유로운 미소를 잃지 않았다.

"움직임이 너무 직선적이다. 피하면 돼!"

돌격 방향을 순식간에 파악한 넬이 곧장 진로를 변경했다.

연속으로 두 번 어렵지 않게 회피…… 아니, 피하려 한 순간 넬의 발목을 무언가가 휘감았다.

"풀이?!"

『풀들이여, 그대로 붙잡아주세요.』

드라이어드의 풀 마법.

발밑의 풀로 발목을 칭칭 감긴 넬이 그대로 자세를 무너뜨렸다.

거기에 트렌트의 거구가 육박하고.

『트렌트, 날려버려!』

"……그건 사양하겠다!"

트렌트의 돌격을 피할 수 없다. 모두가 그렇게 생각한 순간, 풀에 발을 붙들렸던 넬이 하늘 위로 훌쩍 날아올랐다.

맨발로.

넬은 풀이 얽힌 신발과 양말을 벗고 맨발로 뛰어오른 것이다.

『어?! 자, 잠깐 트렌트, 멈춰! 급정지~!』

폭주 열차와 같은 트렌트는 멈추지 않았다.

넬이 있던 지점을 지나 그 안쪽, 신 측 위그드라실의 거대 나무에 충돌했다.

폭발에 가까운 굉음.

위그드라실의 나무가 크게 흔들릴 정도의 충격과 함께 트렌트가 정지.

"……정말 말도 안 되는 파괴력이군."

아슬아슬하게 직격을 피한 넬이 놀랐다.

거대한 위그드라실 나무가 흔들릴 정도의 위력이다. 맞았더라면 확실하게 행동 불능에 빠졌을 것이다. 그때.

"넬, 뒤야!"

"……이런?!"

레셰의 외침에 넬의 안색이 창백해졌다.

트렌트는 셋이었는데 피한 것은 둘. 다시 말해…… 등 뒤의 기척을 알아챈 넬이 돌아봤을 땐 이미 마지막 트렌트가 흙먼지를 피우며 다가오고 있었다.

늦었다.

모두가 충격에 날아가는 넬을 상상했을 것이다. 단 한 사람을 제외하고는.

"포기하지 마, 넬! 받아!"

『……네?』

절체절명의 넬을 향해 페이는 오른손으로 붙잡은 것을 전력으로 던졌다.

심판인 미이프를.

"게임에서 절대적 중립자. 다시 말해 심판은 신조차 손을 댈 수 없는 무적의 방패가 돼!"

"뭐어어어어?!"

『무슨 짓이에요?!』

인간 팀과 신 팀의 목소리가 하나가 됐다.

넬의 눈앞으로 다가오던 트렌트조차 갑작스럽게 눈앞으로 날아든 미이프에 놀랐는지 급정지.

술렁.

신 팀 전원의 움직임이 멈췄다.

"역시나. 이게 게임의 승리를 거머쥘 비기야!"

『반칙————!』

미이프의 휘슬.

그와 동시에 위그드라실 숲이 정숙에 휩싸였다.

『이건 인간과 신의 게임 대결로, 심판인 저는 제삼자입니다!』

"그래. 그러니까 무적의 방패……."

『심판에게 간섭하는 건 **플레이의 예외 사항이에요!** 따라서 페널티! 인간 팀 여러분이 가진 공이 전부 신 팀에게 넘어갑니다.』

"이봐요, 페이——!"

아니타가 힘차게 달려왔다.

"무, 무무…… 무슨 짓을 한 건가요?! 모처럼 펄 언니께서 온몸을 속박당하면서까지 빼앗은 공을!”

“괜찮아, 아니타. 지금 건 안 되는 걸 알고서 시험해 본 작전이야.”

“네? ……괜찮다니, 그러니까 계산된 행동이라는 건가요?”

예상 밖의 대답이었을 것이다.

멍하니 입을 반쯤 벌린 분홍 머리 소녀에게 페이는 강하게 단언했다.

“넬을 구하기 위해서라면 이 정도 페널티는 싼 편이잖아?”

“으, 음. 면목 없다, 페이 공…….”

넬이 살짝 심호흡.

“이 빚은 플레이로 갚겠다.”

『모든 공을 신 팀에게 넘기고 **재개합니다!** 두 팀, 자기 진형의 거대 나무까지 물러나세요.』

두 팀이 필드의 양 끝까지 후퇴.

『재개!』

미이프의 휘슬과 동시에 두 팀이 코트 중앙으로 달렸다. 인간 팀이 노리는 건 당연히 신 팀이 독점한 공 전부.

반면 신 팀은.

2점 공과 3점 공을 공중으로 던졌다.

『까하하! 너희 이 공을 갖고 싶어?』

『그럼 줄게. 자~!』

님프가 일으킨 바람에 휩쓸려 녹색과 파란 공이 소용돌이치듯 하늘로 올라갔다.

그 순간.

인간 팀의 의식이 공중에 쏠린 틈에 신 팀은 노도와 같은 기세로 인간 측 거대 나무로 질주했다.

소지한 것은 10점 공 하나뿐.

"어떻게 된 건가요?! 설마 다른 공들을 버린 건가요?!"

아니타의 절규와 당황한 표정.

있을 수 없다.

신 팀의 행동은 **아홉이 10점 공을 옮기는** 전술이다. 한 사람당 1.1점.

득점 효율로 환산하면 너무나도 낮다.

"**비효율적이에요!** 모처럼 손에 넣은 2점 공과 3점 공을 확보하기는커녕 스스로 버리면서까지 그래야 할 이유를 모르겠어요…… 대체 어째서!"

"……그렇군."

한순간의 혼잣말.

그것은 페이가 마음속으로 그린 「득점 계산」 때문이었다.

전부 설명할 수 있다.

어째서 신 팀은 2점 공과 3점 공을 버렸는가. 신의 작전이 **그것**이라면 이해가 된다. 그렇다면.

개시 0분. **이 시점에서 인간은 신에게 뒤처지고 있었다.**

그것을 아쉬워할 시간이 없다.

"펄!"

공중으로 던져진 두 공을 가리키며.

"저 높이까지 뛸 수 있어?!"

"앗, 네!"

그렇게 끄덕인 펄이 사라졌다.

황금색 워프 포탈에 뛰어든 소녀가 지상 30미터 높이까지 순간 이동. 그 두 팔을 뻗은 곳에는 두 개의 공이.

"잡았어요! ……아, 떨어져요, 떨어져요, 떨어져요오오오오!"

"그래, 잘 돌아왔어."

공을 들고서 떨어진 펄을 지상에 있던 레셰가 받아주었다.

이것으로 인간 측은 2점 공과 3점 공을 소유.

"레셰, 펄, 그쪽은 맡길게! 난 디펜스다!"

두 사람을 남기고 달렸다.

페이가 올려다보는 거대 나무, 인간 측의 골 부근에는 아슈란 대장 일행과 신 팀의 대결이 펼쳐지고 있었다.

『자! 방해되는 건 날아가라!』

"그렇게는 안 됩니다! 템페스트!"

님프의 선풍에 대항한 마법사 제시의 바람 포탄.

두 바람이 맞부딪혀 상쇄되는 광경에 가지 위의 드라이어드 일행이 연이어 좌우로 피했다. 대신 세 트렌트가 천천히 등장.

"윽! 위험해!"

아슈란 대장의 표정이 굳어졌다.

트렌트의 돌격『오버 스톰피』. 아까는 쿨다운 중의 허세였지만, 이번엔 분명 돌진할 것이다.

『꺄하하! 자, 트렌트, 해치워!』

님프의 웃음소리.

그 자리의 인간들이 일제히 옆 가지로 몸을 던지는 가운데.

"넬?!"

"……아까는 피하는 게 늦었다만."

트렌트의 돌격.

위그드라실의 가지를 뒤흔들며 돌진하는 벽 앞을 흑발 소녀가 가로막았다.

"이 넬 렉클리스! 같은 상대에게 두 번 당할 생각은 없다!"

"잠깐만?! 아무리 그래도 그런……!"

"비켜어어어어어어어어어어어어어!"

아슈란 대장에게 한 말이 아니다.

눈앞으로 다가온 거구, 폭주 기관차와 같은 기세로 육박한 트렌트를 향해 그렇게 외친 넬은 오른발을 들었다.

트렌트의 돌격『오버 스톰피』는 모든 장해물을 날려버리

는 신의 일격.

반면.

넬의 어라이즈『모멘트 반전』은 찰 수만 있다면 신의 힘조차 튕겨낸다.

그 파괴력, 이동 방향.

모든 것을 정반대로 튕겨내는 어라이즈가 트렌트를 찼다. 아니, 날려버렸다. 그 뒤에서 방심하던 님프와 드라이어드까지 한꺼번에.

『이런 건 예상하지 못했는데요?!』

『왜 밀린 거야, 트렌…… 꺄악?!』

신 팀 아홉이 모조리 위그드라실 기둥에 격돌. 거대 나무 그 자체가 흔들릴 정도의 충격이 통했는지 아홉 모두 쉽게 일어나지 못했다.

"괴, 굉장해요, 넬 씨!"

"제법이네."

멀리서 공방을 확인하면서도 레셰와 펄은 신 측의 골대까지 올라갔다.

그러나 거기엔 골을 지키는 최후의 파수꾼이 존재했다.

『그오오오오오오오!』

키퍼 베어가 달려왔다.

그러나 그 순간 펄도 움직였다.

"소용없어요, 숲속 곰돌이 씨!"

황금색 워프 포탈이 출현.

지금까지는 도망치기 위해서만 사용했던 텔레포트지만 이번만큼은 용도가 다르다.

펄의 워프 포탈은 수호수의 눈앞. 그리고 달려든 짐승은 공중에서 궤도를 바꾸지 못하고 그대로 고리 안으로 뛰어 들었고.

『……가릉?』

30미터 후방의 가지까지 강제 송환. 다시 말해 펄과 레셰의 아득한 뒤였다.

골대는 무방비.

그렇다, 아무리 강력한 파수꾼이라 해도 그저 직선으로 돌진하는 짐승이라면 펄의 워프 포탈 앞에서 무력한 것이나 마찬가지.

"어때요! 제 인생 최대급 응용력!"

"잘했어, 펄. 자화자찬 이외엔 완벽해!"

레셰가 공 두 개를 한꺼번에 던졌다.

아무도 없는 골에 2점 공과 3점 공이 빨려 들어가듯 떨어지고.

『두 공 모두 골인!』

『득점 12 대 20, 인간 팀이 단번에 점수를 좁혔습니다.

자, 두 팀 모두 여기서부터가…… 오오?! 큰일이 벌어졌습니다!』

미이프가 가리킨 것은 인간 측의 거대 나무다.

그 가지에 신 팀 아홉이 겹겹이 쓰러져 있었다.

『정신을 차리지 못하고 있습니다! 방금 트렌트 님의 돌격을 튕겨냈고 이에 휘말린 분들이 쓰러졌습니다!』

"레셰 공!"

넬의 기세가.

인간 측 거대 나무에서 신 측 거대 나무로. 100미터 거리를 뛰어넘어 전해졌다.

"받아다오!"

대포가 발사된 듯한 폭음.

그것은 넬이 100미터 너머에서 10점 공을 걷어찬 충격에 의한 것이었다.

쿵!

바람을 가르는 거친 소리를 울리며 노란 공이 날아갔다.

그것을 한 손으로 받은 레셰가 그대로 아무도 없는 골을 향해 슛.

『역전! 22 대 20, 인간 팀의 역전입니다!』

시합 시간 : 꿀시계로 18방울(=18분).

신 팀 20점(10점 공×2)

인간 팀 22점(2점 공×3, 3점 공×2, 10점 공×1)

큰 점수 차에서 형세 역전.

그러나 다음 순간 신 팀과 인간 팀이 일제히 눈을 번뜩였다. 이 게임은 **득점한 직후가 가장 위험하다.**

공의 재공급.

새로운 공이 떨어진 곳은 코트 중앙.

그리고 양 팀 인원의 대부분이 서로의 거대 나무 위에 있다. 공을 잡으려면 우선 지상으로 내려가야 한다.

그러나. 인간과 신의 결정적인 차이가 바로 이 **내려가는 방법**이다.

『흐흠, 먼저 실례! 인간은 느긋하게 기둥을 타고 내려와!』

님프 셋이 도약.

이 셋은 거대 나무 위에서 지상까지 직접 날아갈 수 있다.

『트렌트! 우리를 따라와!』

뒤이어 트렌트가 뛰어내렸다.

거대 나무의 가지에서 지면에 큰 구멍을 낼 정도로 떨어져도 트렌트는 상처 하나 없다. 신 팀이 순식간에 지상에 도착. 반면 인간은.

"레셰!"

"알았어."

레셰가 뛰었다.

주홍색 머리를 나부끼며 둥실 지상에 도달. 그리고 다른 한 명, 높이 50미터의 나무 위에서 뛰어내린 사람이 있었다.

"기다리세요, 레셰 언니이이이이이이이이!"

쾅, 하고.

모래먼지가 자욱하게 피어나며 분홍 머리 소녀가 지면에 격돌.

"오래 기다리셨죠, 레오레셰 언니! 저희가 공을 확보해요!"

『꺄하하! 늦었어, 늦었다고!』

2점 공을 든 님프. 그리고 3점 공을 촉수로 휘감은 트렌트.

거기에.

『우리가 독점할 거야!』

님프 일행이 올려다보는 있을 때 10점 공이 코트 중심부를 향해 떨어지기 시작했다.

늦었다.

레셰와 아니타보다 빨리 신 팀이 저 공을 확보할 것이다.

『자, 떨어지기만…….』

"아니타!"

님프가 하늘로 손을 뻗었다.

그러나 그것보다 빨리 레셰가 옆에 있던 아니타를 불쑥 들었다.

"……네? 뭐, 뭔가요? 레셰 언니. 가, 갑자기 저를 들어 올리시다니……! 서, 설마 그런 대범한……."

"저 10점 공을 가져와!"

"네? 어, 꺄아아아아아아아아아아아아악!"

공기가 파열.

레셰가 힘 조절하지 않고 던진 아니타가 총알보다 빠른 속도로 발사됐다.

마치 인간 미사일처럼.

"이거 안 멈추는데요오오오오?!"

아니타가 공중에서 10점 공을 확보.

그 기세로 필드를 가로질러 신 측의 골인 거대 나무에 맹렬한 폭음을 울리며 충돌했다.

쩌적!

거대 나무 위그드라실의 뿌리가 흔들리고 기둥이 좋지 않은 소리를 내며 기울어질 정도의 파괴력으로.

"잘했어, 아니타! 10점 공 잘 잡았어!"

"…………치……칭찬해 주셔서……고맙습니…… 콜록."

공을 잡은 채 땅에 파묻힌 아니타.

위그드라실에 격돌한 탓에 『아이언 하트』의 방어력도 아슬아슬한 상태다.

"다만…… 지금 그 거친 기술은 이번 한 번뿐으로……."

"한 번만 더 하면 이 위그드라실도 넘어갈 것 같네."

"쓰러뜨리면 안 돼요!"

인간 팀이 10점 공. 그리고 신 팀이 2점 공과 3점 공을 나눠 가졌다.

공을 빼앗는 격돌이 벌어질 것인가?

인간 측의 대부분이 각오한 그 미래는 찾아오지 않았다.

균형.

두 팀의 공방이 교착(시소게임) 상태로 돌입했기 때문이다.

『10점 공을 이리 내!』

“님프의 바람 마법이 온다, 막아!”

아슈란 대장의 거친 목소리.

마법사 소녀 제시가 앞으로 나와 바람 포탄으로 선풍을 튕겨냈다. 그리고.

『풀이여, 저자들의 발을 붙들어주세요.』

드라이어드가 손가락을 튕겼다.

이것에 대해서도 중력 마법사인 청년이 크게 외쳤다.

“전개, 중력 일곱 배!”

필드 광역에 그려진 검은 마법진.

거기에 특대 중력권이 발생해 땅에서 뻗은 뿌리들이 중력에 사로잡혀 지면으로 짓눌렸다.

『으갸~! 에잇, 정말!』

님프가 분한지 괴상한 소리를 냈다.

『트렌트, 한꺼번에 날려버려!』

거대한 신이 인간 팀을 향해 가속. 그 직선상에 선 검은 머리 소녀를 한 번 본 님프가 짧은 비명을 질렀다.

『자, 잠깐 급정지! 저 인간만큼은 곤란해!』

"이미 늦었다!"

넬의 왼발.

거기에 깃든 힘, 『모멘트 반전』이 트렌트와 님프를 먼 곳까지 날려버렸다.

공중으로 떠오른 두 개의 공.

넬에게 튕겨진 트렌트, 그리고 트렌트와 충돌한 드라이어드의 손에서 떨어진 공이 인간 팀 쪽으로 굴러왔다.

"2점 공 확보했어요!"

"이쪽은 3점 공이다. 할 수 있어…… 우리, 할 수 있다고!"

3점 공을 든 아슈란 대장이 주먹을 쥐었다.

이것으로 인간 팀이 모든 공을 독점.

"나머지 9분! 지금부터가 중요해. 여기서 15점을 넣으면 37점. 그리고 3점 공과 10점 공에 집중하면 될 뿐이야!"

그렇다, 37점은 실질적인 승패의 갈림길이다.

승리 조건은 50점. 나머진 3점 공과 10점 공으로 해결되니 인간 팀 측은 2점 공을 버릴 수 있다(=인원수를 할애할 필요가 없음).

반면 신 팀은 아직 20점.

열세에 몰린 쪽은 2점 공조차 귀중한 득점원이다. 거기에 인원을 할애할 수밖에 없다.

"인원수로 밀어붙여 이긴다! 다들 가자. 공을 사수해! 이

15득점을 상대편 골대에 쑤셔 넣어주면 승리는……."

"잠깐만요, 아슈란 대장."

막힘없이 이어가던 대장의 말 사이로 페이가 끼어들었다.

"기세로 밀어붙일 수 있는 상대가 아니에요. 지금 걸로 확신했어요. 우리도 전술을 바꿔야 해요."

"당연하지! 신중해지자는 거지?"

"네, 그 2점 공과 3점 공을 버리죠."

"맡겨줘! 일단 2점 공과 3점 공을…… 응?"

아슈란 대장이 돌아보았다.

여우에 홀린 듯이 넋이 나간 표정으로.

"페이, 내가 잘못 들었나? 어쩐지…… 2점 공과 3점 공을, 버리자고 한 것 같은데……?"

"……수상한 기척이 있었어요."

20미터 너머.

신 측의 거대 나무를 등진 신 팀을 응시한 페이는 말을 이었다.

"슬슬 연기는 그만두는 게 어때?"

고요하게.

위그드라실 숲이 무서울 정도로 갑자기 조용해졌다.

겨울철 호숫가보다 차가운 정숙이.

“몇 번인가 있었어. **노린 듯한** 순간이. 그때마다 위화감이 있었지만, 이번만큼은 너무 과했다고. 그래서 확신했지.”

아니타의 3점 공을 가리킨 페이가 말을 이었다.

“너희가 버린 공. 어째서 넬에게 걷어차였던 트렌트가 들고 있었지?”

“……어?”

멍하니 입을 반쯤 벌린 아니타가 돌아보았다.

“무슨 말이죠?! 이건 넬 언니께서 빼앗은 것인데……!”

“일부러 우리에게 빼앗긴 거야.”

아니타가 지닌 3점 공.

아슈란 대장이 지닌 2점 공.

어느 쪽도 넬이 트렌트의 돌격을 찼을 때 신 팀이 떨어뜨린 것이다.

“아까 넬이 좋은 말을 했지. **같은 상대에게 두 번 당할 생각은 없다**고. 하물며 신이 **같은 기술에 두 번 걷어차이는 게 가능할까?** 신답지 않잖아.”

트렌트의 돌격을 차내는 인간이 있다.

그 사실을 알게 되면 두 번째 돌격은 신중해질 것이다.

“그래서 의심했지. 이 2점 공과 3점 공은 너희가 일부러 우리에게 넘긴 거야. 우리가 골을 넣게 하려고.”

“네?! 자, 잠깐, 그게 무슨 말인가요?! 페이!”

아니타가 팔꿈치를 꼬집어 당겼다.

"우리에게 일부러 공을 넘겨 일부러 넣게 했다고요? ……어째서 그런…… 어, 혹시 저만 모르는 건가요?! 펄 언니는?!"

"당연히 알고 있어요!"

금발 소녀가 허리에 손을 얹고서 코웃음 쳤다.

"분명해요. 이 게임이 시작된 순간부터 느낌이 팍 왔어요."

"오오?! 그럼 신의 목적이 뭔가요?!"

"……."

"전혀 모르는 거잖아요! 페이! 당신, 되는대로 막 말하는 건 아니겠죠? 우리가 일부러 득점하게 했다고요?! 믿을 수 없어요! 그 이유가 뭔가요?!"

"처음에 말했잖아. 신은 작전대로 움직인다고."

"……네?!"

"**개시 0분 타임 업** 작전…… 맞지?"

위그드라실 나무를 등지고 선 신 팀 아홉.

공중에 뜬 님프.

나뭇가지 위에 오른 드라이어드.

나무뿌리 위에 선 트렌트.

그 세 종족 모두가 말없이 이쪽을 바라보고는.

『꺄…… 꺄하하하하하하하하하하하!』

『아, 아하하하하하하하하!』

『───────────────!』

숲에 메아리치는 대폭소.

님프가 몸을 크게 젖혀 웃고 드라이어드가 배를 잡고 웃었으며 말하지 못하는 트렌트조차 우습다는 듯이 온몸을 떠는 것이 아닌가.

그 반응이 알려주었다.

지금까지의 모든 것이 허세가 아닌 연기였다는 것을.

『아~ 들켰네.』

『님프. 당신이 트렌트를 부추기니 의심받은 거예요.』

『드라이어드도 흥미진진했잖아. 「여기서 돌격을 튕겨내게 해서 공을 넘겨주죠」 하고 제안한 게 누구였더라?』

『뭐, 상관없지. 들켰으면 장난은 여기까지인 걸로 하자.』

『여기서부터는 **진짜** 게임입니다.』

오싹.

신 팀의 미소에 등줄기가 얼어붙었다.

『꺄하하! 남은 8분! 필사적으로 저항해봐, 인간들아!』

님프의 날개가 황금색으로 빛났다.

그 막대한 빛을 본 순간 모두가 생각했다. 눈앞에 있는 존재는 아무리 작아도 이 공간을 지배하는 신이라는 것을.

『전부 날아가버려!』

"바람이여, 우리를 지켜…… 꺄악?!"

마법사 소녀가 비명을 질렀다.

님프의 바람에 저항하려고 사용한 바람 마법이 1초도 버티지 못하고 사라졌다.

숨조차 막힐 정도로 압도적인 폭풍.

그 몰아치는 난기류가 필드 중심부에 불어댔다.

"왜 그래?! 제시! 아까까지는 막았잖아!"

"……**놀아난 거**예요."

마법사 소녀 제시의 얼굴에서 핏기가 가셨다.

"다들 도망쳐요! 저는 이 바람을 막을 수 없어요!"

"거대 나무 뒤에 숨어!"

모두를 향해 그렇게 외쳤다.

한 명도 남김없이 나무 뒤에 숨은 것을 확인하고서 페이도 거대 나무 뒤로 뛰어들었다.

"야, 페이! 설명 좀 해봐!"

폭풍의 굉음 속에서 소리친 아슈란 대장.

"……설명할 게 좀 많아요."

페이 자신이 거대 나무에 숨었는데도 날아갈 것만 같은 한기를 느꼈다.

이것이 진심이 된 신의 놀이.

지금까지 님프가 중력 마법으로 떨어졌던 것조차 전부 연기였다.

"아니타. 네가 처음에 제안했던 전술을 기억해?"

"네? ……그게, 그러니까……."

"이상적인 점수 효율 말이야."

한 사람당 몇 점을 노려야 하는가.

팀은 열 명. 공의 합계 득점은 15점. 그러니 한 사람당 1.5점을 얻으면 효율적이라는 제안.

"네 발상은 틀리지 않았어. 오히려 가장 빨리 공략의 정석을 발견했다고 생각했지. 게임 시작 초반, 그 전술은 확실히 유효**했어.**"

"뭐, 뭔가요, 그 의미심장한 말은?!"

"도중에 깨닫지 않았어? **이상적인 점수 효율을 따라 움직일 때, 골을 넣는 공은 자연스럽게 2점 공과 3점 공의 비율이 높아져.**"

"……앗?!"

인간 팀의 현 득점은 22점(2점 공×3, 3점 공×2, 10점 공×1).

예를 들어 3점 공을 혼자서 넣는다면 득점 효율은 3. 이것은 10점 공을 셋이서 넣었을 때의 득점 효율에 가깝다.

그럼 10점 공을 셋이서 넣을 수 있을까?

불가능하다.

10점 공은 양 팀이 가장 경계하는 공이니까.

실제로 서로 일곱 명 이상 투입한 쟁탈전이 벌어졌다. **득점 효율 관점으로는 10점 공은 정말로 효율이 떨어진다.**

"자연스럽게 우리는 인기가 없는 2점 공과 3점 공으로 득점했지. 득점 효율로 생각한다면 이건 정석에 가까워."

"마, 맞아요! 실제로 저희가 우세하잖아요!"

"우세하지 않았던 거야."

"네?"

"시합 종료까지 앞으로 7분. **그리고 두 팀 모두 50점에 도달하지 않았어.**"

"~~!"

아니타의 소리 없는 비명.

그 뒤에서 듣고 있던 아슈란 대장, 넬과 펄조차 실수했다는 듯이 눈이 커졌다.

깨달은 것이다.

지금 자신들이 압도적으로 내몰렸다는 사실을.

승리 조건 2 : 양쪽 모두 50점을 얻지 못한 채 시합이
종료되면 득점이 높은 쪽이 승리.
단……
시합 종료 판정 시 미니멈 페널티가 계산됨.
골 수가 가장 적은 공의 점수는 노카운트.

그리고 지금.

꿀시계는 23방울째(23분 경과. 30분이 되면 타임 업).

신 팀 20점(10점 공×2).

인간 팀 22점(2점 공×3, 3점 공×2, 10점 공×1).

시합 종료 시, 신 팀은 미니멈 페널티로 2점 공과 3점 공 중 하나가 무효가 되더라도 점수는 20점 그대로.

반면 인간 팀은 10점 공이 무효가 된다.

"신 20점, 인간 12점으로 신 팀의 승리라는 거지."

"……뭐라고요?!"

"신은 승리 조건 1(50점 선취)을 노리지 않는, **시작 0분부터 타임 업 승리밖에 노리지 않았던 거야.**"

신의 작전은 『시작 0분 타임 업』.

그 작전을 실현하는 움직임이 **10점 무효**다. 일부러 인간에게 2점 공과 3점 공을 넣게 해 미니멈 페널티로 10점 공이 무효가 되도록 노린다.

"그 추측이 옳다면 신의 부자연스러운 행동도 설명이 돼."

『꺄하하! 너희, 이 공을 갖고 싶어?』

신 팀은 2점 공과 3점 공을 공중으로 던졌다.

그렇다.

신 팀은 2점 공과 3점 공에는 단 한 번도 집착하지 않고 오히려 인간 팀에게 건네는 행동을 계속했다.

"숲속 곰돌이도 그래. 수호수라는 이름인데도 **결국 그**

곰은 우리의 골을 전부 허용했지. 그렇게 움직이라는 말을 들었을 거야."

2점 공과 3점 공은 골을 넣게 해준다.

10점 공도 한 번 넣었지만, 그것은 레셰라는 이레귤러의 슛이었기에 수호수도 불리하다고 판단했을 것이 분명하다.

"하, 하지만, 페이! 어째서 신은 일부러 이런 작전을?!"

"예측한 거야. 우리가 득점 효율을 따질 거라고 예상한 거지. 그래서 **그 카운터가 되는 작전을 마련했어.**"

작전『**점수 효율**』: 점수 경쟁에서 우위를 점하기 쉬움.
그 반면 점수 효율에서 2점 공과
3점 공의 배율이 높아져
미니멈 페널티로 10점 공이 무효가
되기 쉽다. (타임 업에 약함)

작전『**개시 0분 타임 업**』: 10점 공에 집중한다.
점수 효율 면에선 약하지만
미니멈 페널티에도 10점 공이
무효가 되지 않는다.
다시 말해 타임 업 승리에 강함.

두 가지 전략을 비교하고서.

신은『개시 0분 타임 업』작전을 선택했다.

반면 인간 측은『**득점 효율』작전을 선택한 이상 타임 업을 기다릴 수 없다.** 무슨 일이 있어도 50점 선취로 승리해야만 했다.

그러나 너무 늦었다.

"이 폭풍에 발이 묶여 7분 후에 시합이 종료된다는 체크메이트 상황이야."

"페이! 그런 억지가 말이 돼?!"

아슈란 대장이 어금니를 깨물었다.

"그야…… 상대의 작전에 넘어간 우리의 판단 미스지만 말이지, 이 폭풍 속에서 군말하지 말고 시간을 보내라니, 너무 억지잖아!"

"그래서 좋은 거예요, 대장. 그리고 아니타."

"……네?"

10점 공을 든 소녀가 눈을 깜박였다.

"네가 10점 공을 확보한 덕분에 아직 승기가 있어. 레셰에게 그걸 넘겨줘."

"앗?!"

아니타의 눈에 빛이 돌아왔다.

인간은 몰아치는 폭풍을 도저히 견딜 수 없다. 그러나 신이었던 레셰라면 이 거친 바람을 뚫고 나아갈 수 있을 것이다.

“마, 맞아요! 레셰 언니가 10점 공으로 득점하면 역전이에요!”

레셰가 10점 공으로 득점할 수 있다면.

인간 팀은 32점(2점 공×3, 3점 공×2, 10점 공×2).

3점 공과 10점 공의 골 수가 같아져 미니멈 페널티의 「제일 골 수가 적은 공」의 조건을 채우지 않게 된다.

32 대 20점으로 인간 팀의 승리다.

“레셰 언니! 부탁드려…….”

『그래요. 그 10점 공이 필요합니다.』

거친 바람 속에서 드라이어드 하나가 나타났다.

『님프, 바람을 멈춰주세요. 제 친구들을 부르겠습니다.』

거대 나무의 가지로 가볍게 뛰어오른 드라이어드. 그에 호응하듯 난폭한 폭풍이 그쳤다.

『내 귀여운 친구(커먼 레밍스).』

두두두, 두두…….

위그드라실 숲에 수많은 발소리가 울렸다. 하나하나는 작지만 수가 정상이 아니었다. 그 기척이 점점 가까워지고.

“뭔가가 오는데요?!”

펄이 경계한 순간.

츄, 하고 귀엽게 우는 작은 동물이 덤불 속에서 나타났다.

야생 다람쥐와 햄스터 무리.

그것이 눈더미처럼 밀려들었다.

"귀여워요오오오오! ……근데 좀 너무 많은 거 아닌가요?!"

『츄!』

『츄츄!』

『츄츄츄!』

"꺄아아아아아악!"

다람쥐와 햄스터 무리에 떠밀리고 주물리게 된 인간 팀.

너무 귀엽다.

너무 귀여운 탓에 함부로 저항할 수 없다.

"크! 비겁한! ……이렇게 사랑스러운 다람쥐들을 난폭하게 대할 수는…… 아앗?! 큰일이에요!"

아니타의 손에서 10점 공이 미끄러졌다.

2점 공과 3점 공도 마찬가지. 공을 연달아 다람쥐들에게 빼앗겼고, 그 공을 뒤따르던 다람쥐들이 공굴리기하듯 데굴데굴 굴리며 운반.

순식간에 드라이어드에게로 가져갔다.

『츄!』

두두두…… 다시 발소리를 울리며 동물들이 퇴각.

남은 것은 엉망으로 주물러져 너덜너덜해진 인간 팀은 무참한(행복한) 모습으로 널브러져 있었다.

"……큭. 우리의 공을 이런 식으로 빼앗냐?!"

『후후, 꿀시계도 26방울째. 이제 곧 가득 차서 게임이 끝날 테죠.』

"기다리라고, 인마!"

일어선 아슈란 대장이 손을 뻗어보지만, 드라이어드는 가지를 차고 하늘 위로 도약했다.

그리고 가볍게 코트 중앙으로 질주를 시작.

"펄!"

멀어져 가는 드라이어드를 가리키며 페이가 외쳤다.

"아무거나 좋아. 하나라도 공을 빼앗으면 시프트 체인지로 10점 공과 교환할 수 있지?!"

"아, 네! 하지만 발동할 수 있는 건 3분 이내예요!"

펄의 능력 발동 대상은 「3분 이내에 펄이 건드린 자(것)」이다. 2점 공이든 3점 공이든 상관없다. 인간 팀이 공을 빼앗으면 10점 공과 교환할 수 있다.

"시간이 없잖아! 전원 공을 빼앗는 것에만 집중해!"

아슈란 대장의 호령이 메아리쳤다.

"셋으로 나뉘어 쫓아!"

그러나.

그 머리 위에는 님프의 그림자가.

『꺄하하! 그렇게 기세 좋게 달려도 되려나? 또 내 폭풍으로 날아가게 해줄까?!』

"크?! 이런, 전원 숨——"

"쿨다운 중의 허풍. 맞지?"

님프를 무시한 페이가 대지를 박차고 가속했다.

신 팀은 각자 고유 특기를 지녔는데, 그 특기엔 쿨다운이 존재한다.

……바람 마법의 쿨다운은 약 8초.

……다만 그 폭풍처럼 큰 마법에는 더 긴 쿨다운이 존재해!

그 추측에는 근거가 있다.

"폭풍을 부를 때는 날개가 황금색으로 빛나잖아?"

『아아~~! 짜증 나!』

허풍을 들켰다.

그런 부끄러움에 님프의 얼굴이 새빨개졌다.

『충분해요, 님프. 당신 덕분에 시간을 충분히 벌었어요.』

위그드라실 가지 위에 선 드라이어드 셋.

그 셋이 각각 2점 공, 3점 공, 10점 공을 옆으로 들고 있었다.

……퐁당.

필드 밖에 놓인 꿀 시계에 또 한 방울. 이것으로 28방울(분) 경과.

『앞으로 2분, 저의 대마법으로 밀어붙이겠어요.』

"흥! 같은 수엔 안 당해. 그것도 허풍이지?!"

신 측의 거대 나무를 향하는 아슈란 대장은 멈추지 않고 질주했다.

"『커몬 레밍스』도 아직 쿨다운이잖아?!"

『그건 숲속 친구들을 불렀을 뿐. 마법 같은 게 아니에요.』

"……응?"

『저의 대마법은 아직 남아있답니다.』

야.

그건 좀 치사하지 않아? 필드를 달리는 인간 팀이 항의하기 전에 드라이어드가 한 손을 들었다.

『세계의 암호(그린 자이언트)는 푸르름.』

대지가 흔들렸다.

동물들의 행진보다도 훨씬 크고 웅장해서 마치 지면이 뒤집히는 것만 같은 진동이었다. 그것도 그럴 터.

지상에서 날뛰기 시작한 것은『위그드라실』그 자체였다.

"나무가……?!"

풀 마법이 아닌 숲 마법.

드라이어드의 간섭으로 위그드라실에 있는 나무들의 뿌리가 채찍처럼 크게 휘며 발버둥 치듯 무차별적으로 지면을 때렸다.

코트 안에 있는 나무들 전부가.

통나무의 거대한 뿌리 공격은 인간은 물론 자동차도 종

잇장처럼 짓이길 수 있을 것이다.

『이제 1분 30초.』

『꺄하하! 이제 우리한테 가까이 못 오겠지?』

신 측의 골대가 있는 거대 나무는 이 날뛰는 뿌리보다 더 안쪽에 있다.

이 뿌리를 헤치고 넘어 도달할 수 있을 것인가.

"페이 공! 이제 시간이 없다! 내가 가지!"

"나도."

넬과 레셰가 달렸다.

머리 위에서 날아드는 뿌리를 빠져나가고 옆에서 오는 공격을 도약으로 피했다. 그 뿌리에 올라 머리 위 덩굴을 붙잡아 세 번째도 넘어갔다.

앞으로, 앞으로, 앞으로.

세 개의 공을 손에 넣은 드라이어드를 쫓아 두 사람의 질주는 1초도 멈추지 않았다.

"이제 1분! 시간이 없다고!"

아슈란 대장이 가리킨 꿀시계.

똑…… 하고 29방울째 방울이 낙하. 그릇은 가득 차고 표면이 물결쳤다. 이제 한 방울. 다시 말해 1분 후에 떨어지는 방울로 꿀시계는 확실하게 넘칠 것이다.

마지막 60초.

『꺄하하, 굉장해, 굉장해! 위그드라실 나무뿌리를 피하다니! ……하지만 이제 45초, 44초…… 여기서 공을 빼앗아도 골은 50미터 위에 있잖아! 슬슬 포기하는 게 어때?』

"포기할지는 우리가 정한다!"

『바보.』

님프의 냉소.

『포기하게 할 권리는 우리한테 있어. 자, 돌격해, 트렌트!』

넬과 레셰가 달리는 정면에서.

그 덤불에서 세 트렌트가 돌격. 지금까지 몇 번이고 봤던 어마어마한 돌진이지만 넬의 어라이즈라면 튕겨낼 수…… 있을 터였다.

"뭐…… 빨리?!"

넬의 발차기가 늦었다.

트렌트의 돌격 속도가 넬의 예상보다 세 배는 빨리, 음속을 뛰어넘는 속도로 달려들었기 때문이다.

폭주 기관차의 돌진이 아닌.

미사일 사출과도 같은 기세였다.

『꺄하하하! 이게 진짜 돌격이야. 아까 건 연기라고 말했잖아!』

"……크악?!"

"……음."

밀려드는 트렌트의 벽.

넬과 레셰가 동시에 튕겨져 나뭇잎처럼 공중으로 떠올라

페이 일행이 있는 코트 중앙까지 밀려났다.

그렇다.

필사적으로 접근한 과정이 순식간에 허사가 됐다.

"아직이야! 우리도 달리자!"

『꺄하하하하하! 굉장해, 굉장해! 인간들이 애쓰네!』

눈에 핏발이 선 아슈란 대장과 부하들.

그중 몇 명인가가 위그드라실의 뿌리에 맞고 나가떨어졌고…… 그 사이에도 꿀시계 위에는 거대한 방울이 고였다.

『이제 19초, 18초…… 농담이야. 사실은 이제 13초. 꺄하하하! 그러니까 소용없어. 공을 빼앗기만 하면 안 돼. 골을 넣어야 한다니까!』

안달복달 시간을 세는 님프.

님프가 선 가지를 필사적으로 올려다보며 모두가 마지막 1초까지 질주했다.

『3, 2, 1, 자, 끝~.』

……똑. 30방울째로, 꿀시계가 넘쳤다.

주르륵.

꿀시계 그릇에서 꿀이 흘렀다.

이것은 누구도 거스를 수 없는 타임 업의 징조. 이 순간을 기점으로 미이프가 시합 종료의 휘슬을 분다. 분명 그렇게…….

누구나 확신했을 것이다.

『꺄하하하, 우리의 대승리! 자, 미이프, 빨리 휘슬을 불어. ……미이프?』

요정이 의아한 눈빛으로 내려다보았다.

숲에 펼쳐진 기묘한 정숙.

휘슬이 울리지 않는다.

꿀시계가 넘쳤는데도 미이프가 휘슬을 든 채 움직이지 않았다.

『…….』

『뭐야, 미이프, 뭐 하는 거야?! 보다시피 꿀시계는 이미…….』

"다들 달려!"

님프의 목소리를 지울 정도로 큰 소리로 외친 페이는 코트의 **어떤 곳**을 향해 질주했다.

"여기다!"

"페이?! 어떻게 된 거냐, 대체?!"

『어?! 어?! 무슨 일이야? 어째서 아직 인간이 움직여?! 이미 시합은…….』

아슈란 대장도 요정도. 신 팀과 인간 팀 모두가 동일하게 무슨 일이 벌어진 것인지 이해할 수 없었을 것이 분명하다.

그렇기에.

"답을 맞춰볼 시간이다!"

이곳에 있는 모든 플레이어에게 페이가 선언했다.

"이 시합에는, **43초의 로스 타임**(추가시간)이 존재한다!"

『뭐?!』

『뭐라고요?!』

술렁.

페이의 한 마디에 신 팀이 일제히 술렁였다.

추가시간.

축구 등 선수 교체 등 시합이 정지되는 일이 벌어질 때의 특례다.

시합 시간이 30분이라고 정해져 있다면 선수가 순수하게 30분 동안 싸울 수 있도록 **플레이 시간 이외의 시간만큼 시합을 연장하는** 시스템이다.

"이론상 『신수의 열매 농구』에서도 플레이 타임 이외의 시간, 다시 말해 낭비되는 시간이 발생하면 추가시간이 주어질 여지가 존재해!"

『……?』

신 팀 모두가 아무 말도 하지 않았다.

이 인간이 무슨 말을 하는 거야, 그렇게 생각하기 때문이다.

신 팀의 생각을 짐작하자면.

추가시간은 있을 수 없다.

『신수의 열매 농구』에서는 시합 시간이 항상 흐르기 때문이다.

선수 교대도 게임 범위 안이라는 룰이 있으니 추가시간을 주어야 할 낭비되는 시간은 단 1초도 생겨날 여지가 없다.

하지만 그 시간이 43초나 존재한다는 것은?

"있었어."

필드를 달리며 페이는 뒤를 돌아보았다.

호루라기를 든 미이프를 가리키며.

"말했지? 「이게 게임의 승리를 거머쥘 비기」라고!"

『……?!』

신 팀이 다시 술렁였다.

총명한 신들이라면 당연히 지금 한 마디만으로 모든 것을 알아차렸을 것이다.

『인간! 네가 미이프를 방패 삼은 건……!』

"그래. 억지로 게임을 멈춘 거지."

넬이 위기에 처했을 때.

페이가 미이프를 넬을 향해 던졌다. 그리고 미이프는 이렇게 말했다.

"심판에게 간섭하는 건 플레이의 예외 사항이에요!"

심판 공인 **플레이 시간 외 시간**.

이 발언으로 게임은 일시 중단. 그것으로 페이는 이론적으로 추가시간이 존재하리라고 확신했다.

"게임이 중단되고 다시 시작되기까지 걸린 시간은 43초! 시합은 아직 끝나지 않았어!"

모든 작전에는 상성이 있다.

이 마지막 작전 『낭비 시간』이야말로 신의 작전에 대항할 수 있다.

작전 『점수 효율』 : 타임 업에 약함. (10점 공이 무효가 됨)
　　↓ (카운터)
작전 『개시 0분 타임 업』 : 타임 업으로 끌고 가 10점 공의 미니멈 페널티로 승리.
　　↓ (카운터)
작전 『낭비 시간』 : **시합 시간을 연장해 타임 업이 되지 않도록 만들고 이긴다.**

단.

43초 후에 추가시간이 다 되면 타임 업이 되는 것은 바꿀 수 없다.

『꺄하하! 살~짝 놀랐네! 근데 그 시간동안 뭘 할 수 있는데?』

『모처럼 얻은 추가시간도 이제 30초 남짓. 공은 이쪽이 독점. 고도 50미터 높이에 있는 골대에도 키퍼 베어가 기다리고 있는데.』

그렇다.

총명한 신들은 페이의 작전『낭비 시간』이 얼마나 금방 끝나는지 이해하고 있다.

43초로는 역전극이 일어나지 않는다.

역전에 필요한 공을 신 팀이 독점하고 있으니까.

"그건……."

"이렇게 할 거야!"

코트 중앙에서 레셰의 눈이 반짝반짝 빛났다.

아니타의 목덜미를 쥐고서 야구공을 던질 준비를 하듯 높이 들었다.

"……어? 어? ……저, 레셰 언니?"

"자, 아니타! 아까 했던 요령은 기억하지? 10점 공을 빼앗아 와!"

"싫어요오오오오오오오!"

"가라!"

이전 신의 완력으로 던져진 아니타가 로켓포처럼 사출됐다.

목표는 10점 공을 든 드라이어드.

타임 업 승리를 확신해 땅으로 내려온 드라이어드다.

『아니?!』

푸릇푸릇한 녹색 소녀가 처음으로 보여준 당황.

막아야 할까 피해야 할까 잠시 망설인 드라이어드는 공을 들고 몸을 던졌다.

신 팀에서 가장 민첩한 신체 능력을 최대한 활용해.

쿵!

고작 0.01초 차이도 나지 않았을 것이다.

인간 대포알 아니타는 드라이어드의 회피로 허공을 가르고 그 뒤의 위그드라실 거대 나무에 깊숙이 박혔다.

『……역전을 노릴만하다는 건 인정하죠. 아쉽게 됐네요.』

아슬아슬하게 피한 드라이어드가 가슴을 쓸어내렸다.

『이번에야말로 손 쓸 도리가…….』

"만족했어!"

『……?』

"나 말이지, 최근 좀 부족했거든."

타오르는 듯한 주홍색 머리카락을 빙글빙글 손가락으로 감으며.

레셰가 연기 같은 몸짓으로 얼굴을 찡그렸다.

"나는 원래 신이었지만 최근엔 펄이나 넬이 더 많이 활약했잖아? 그건 그것대로 나쁘지 않았지만, 뭐랄까, 나도 슬슬 **나다운 승리**를 했으면 좋겠다고 생각했어."

『……?』

신 팀 모두가 영문을 알 수 없는 표정.

이런 상황에 대체 무슨…….

……쩌적.

신 팀의 뒤에서 거대 나무 위그드라실의 기둥에 균열이 일어난 건 그때였다.

아니타가 충돌한 뿌리부터.

"나다운 승리라는 게 뭘까? 분명 그건 게임 룰의 범위 안에서 실현 가능한 아슬아슬한 선을 신이었던 자다운 힘으로 실현하는 거라고 생각해."

쩌적…… 빠직…….

나무가 갈라지는 소리는 멈추기는커녕 점점 더 커지기만 했다.

"미이프는 이렇게 말했어. 이 숲 전부를 사용해 이기라고."

신 팀도 그렇다.

땅의 풀을 다루고 짐승(레밍스) 집단을 소환하고, 위그드라실의 뿌리를 조종했다. 이 숲의 모든 것을 사용하는 것이 묘미인 게임.

그러니.

생긋, 레세는 최고의 미소를 떠올리며 이렇게 말했다.

"그쪽 골대를 쓰러뜨려도 상관없지?"

『어?!』

신 팀이 돌아본 곳에서.

거대한 나무 위그드라실이 갈라지는 소리를 내며 비스듬하게 쓰러지기 시작했다.

아니타의 인간 대포는 10점 공을 노린 것이 아니다. 나무의 뿌리에 결정적인 일격을 주기 위해서였다.

그렇다, 위그드라실 나무는.

세 번이나 신의 힘을 받아 이미 뿌리 부근이 흔들리고 있었다.

트렌트는 멈추지 않는다. **신 측 위그드라실의 거대 나무에 충돌했다.**

아니타가 공중에서 10점 공을 확보. **그 기세 그대로 위그드라실에 충돌했다.**

"한 번 더 하면 이 위그드라실도 넘어갈 것 같네."

이것이 세 번째.

아니타의 인간 미사일 공격을 받은 거대 나무 위그드라

실이 굉음을 울리며 쓰러졌다.

『그, 그래서 무슨 의미가 있는데?!』

"밀어라아아아아!"

필드 중앙의 조금 뒤.

인간 팀 전원의 포효를 들은 신 팀의 눈이 휘둥그레졌다.

뜨지 않는 열매. 모두가 잊고 있던 한 방 승리의 과실.

질량 무한으로 절대로 들 수 없는 거대한 과실에 페이, 넬, 펄, 아슈란 대장을 비롯한 모든 인간 팀이 집결해 있었다.

"다들 호흡을 맞춰! 알겠지, 전원이 동시에 한다!"

아슈란 대장의 외침.

끼익…….

모두가 얼굴이 새빨개지면서 밀자 뜨지 않는 열매가 몇 센티씩 움직이기 시작했다. 그 과일을 미는 방향에는.

쓰러져가는 위그드라실. 그 끝에 핀 새하얀 꽃이 있었다.

코트 넓이는 단면 **50미터.**

그리고 꽃이 핀 곳 높이도 **50미터.**

일치한다. 위그드라실 나무가 쓰러지면 꽃이 정확하게 확실하게 **뜨지 않는 열매를 향해 떨어진다.**

—구기란 공을 골까지 운반하는 게임.

—그걸 누가 정했지?

공이 너무 무거워 옮길 수 없다면. **골대를 공까지 옮기면 된다.**

이것이 자전『낭비 시간』의 진면목.

추가시간 43초로 이룰 수 있는 역전 승리. 그리고 그 43초의 가능성을 버린 신 팀은 모든 것이 늦어버렸다.

나무가 쓰러지는 것을 막는 것도.

나무가 쓰러지는 방향을 바람 마법으로 돌리는 것도.

아니.

어쩌면 그런 것이 아닐지도 모른다.

여기까지 세세한 역전의 길을 지나니 무심코 그 광경에 빠져들어 있었다.

모두가 지켜보는 가운데.

위그드라실 나무가 코트 중앙을 향해 쓰러지고.

거기에 핀 커다란 꽃(골대)이 새빨간 뜨지 않는 열매에 부딪혔다.

『골!』

『뜨지 않는 열매의 한 방 승리로 최종 성적은 1억 하고도 22 대 20! 50점 선취로 인간 팀의 승리입니다!』

미이프의 휘슬이 위그드라실 숲에 울려 퍼졌다.

2

30분 후.

"아니, 저 나무는 쓰러져도 원래대로 돌아오는 거였어?!"

『신수니까요.』

"……뭐, 그러네."

아슈란 대장이 쓴웃음 섞인 얼굴로 고개를 들었다.

한 번은 장엄하게 쓰러진 위그드라실 나무가 마치 장난감 나무처럼 멋대로 일어나고 있었다. 원리는 알 수 없지만 미이프가 말한 것처럼 신수니까 그런 것으로 끝나는 모양이다.

"으으…… 아직 어지럽네요……."

또한 잔디 위에 뻗은 사람은 아니타.

"레셰 언니…… 저기…… 승리도 승리지만…… 역시 이건 좀……."

"만족했어! 오랜만에 내 굉장함을 발휘한 승리였지!"

그 옆에 있는 것은 눈을 반짝이며 속이 후련하다는 느낌의 레셰.

한편.

코트 중앙에 신 팀의 멤버들이 모여 있었다.

『그러니까! 마지막 인간 미사일을 트렌트가 받았더라면 좋았다고!』

『............』

『뭐? 아파서 싫어? 그 정도는 참아야지!』

『다른 방법도 있습니다. 인간이 나무를 쓰러뜨린다면 이쪽은 키퍼 베어가 골대를 뽑아버리는 건 어떨까요?』

열띤 반성회 개최 중.

패배한 뒤 곧장 키퍼 베어를 포함한 전원이 의견 교환 중인 모양이다.

『아, 맞다, 인간!』

요정 님프가 말을 이었다.

『그거 알아? 신들의 놀이는 특별한 승리 조건을 충족하면 포상을 받을 수 있어.』

"그걸 기다렸지!"

산뜻하게 돌아보는 아슈란 대장.

신들의 놀이에서 인간 측이 승리할 확률은 고작 10퍼센트 미만. 그중에서 더 특별한 승리를 한 사도에게는 포상이 주어진다.

『신의 자애(慈愛)』— 게임 중 한 사람도 탈락하지 않고 승리할 것.

『신의 보관(寶冠)』— 무패의 신에게 처음 승리할 것.

이번엔 후자.

위그드라실 숲의 수호자들은 **인간이 처음 만나는 신**이다.

다시 말해 우로보로스처럼 『과거 몇백 년 동안 이기지 못했던 신』과는 다른 의미로 『아직 인간에게 패배하지 않았다』는 조건을 만족시킨다.

"뭘 줄 거지?!"

『진짜 좋은 거야. 그럼 지금부터 발표! ……하고 말하고 싶었는데.』

님프가 문뜩 이쪽을 바라보았다.

페이, 레셰, 넬, 펄을 순서대로 바라보고는.

『너희, 몇 개 갖고 있어?』

"어?"

『포상 말이야. 이미 몇 개인가 갖고 있잖아?』

"……아, 신의 보관 말이구나."

지금까지의 전과를 떠올린다. 신에게서 받은 전리품은.

무한신 우로보로스에게서 『우로보로스의 눈』: 우로보로스와 강제 조우하는 보물.

태양신 마아트마 2세로부터 『태양의 꽃』: 태양을 부른다는 전설이 있음.

명계신 아누비스로부터 『보물 창고의 마스터키』: 미궁 루셰이메어에서 아이템 하나를 소환.

“세 개 있는데.”

『아———! 아쉬워라!』

무척이나 아쉽다는 듯이, 동시에 즐거운 듯이 님프가 탄식했다.

『받을 수 있는 포상은 세 개까지거든.』

“응?!”

예상하지 못했던 개수 제한.

해당하는 것은 페이 일행뿐이지만, 함께 게임한 아슈란 대장과 아니타를 포함한 전원이 포상 없음 판정이 되는 모양이다.

“자, 잠시만요!”

펄이 다급히 달려 나왔다.

“제안이 하나 있어요, 무지갯빛 날벌레 씨!”

『난 님프인데.』

“저희가 우로보로스의 눈이라는 엄청 쓸모없는 물건이 있는데요, 그걸 드릴 테니 모두에게 포상을 주시면 안 될까요?!”

『안 돼.』

님프가 코웃음 쳤다.

『아~ 아쉬워라. 『위그드라실 신수의 수액』이라고 해서 마시면 어라이즈를 100배 강화할 수 있는 비약이었는데. 뭐, 그렇게 됐으니 바이바이.』

"뭐라고오오오오오오?!"

"우와아아앙! 역시 우로보로스의 눈을 버려야 했어요, 그 저주의 아이템!"

신의 숲에 절규가 메아리치고.

페이 일행은 인간 세계로 귀환했다.

VS 신수의 숲 파수꾼.

게임 내용『신수의 열매 농구』, 공략 시간 30분 43초로 『승리』.

【승리 조건】 50점 선취

【승리 조건 2】 타임 업 시에 득점이 높은 팀이 승리.

【기타】 공 네 개를 동시 사용.

타임 업 시 미니멈 페널티의 특수 계산이 더해짐.

드롭 아이템『위그드라실의 수액』. ……입수 실패.

입수 난이도「신화급」.

3

신비법원 루인 지부.

그 집무실에서 타자 치는 소리가 울렸다.

소리의 발생지는 미란다 사무장의 책상.

"흠, 흠. 그럼 『신의 보관』은 최대 세 개까지만 소유할 수 있다는 거네. 새로운 정보야. 한 건 했어, 페이 군."

"네, 덕분에 아슈란 대장은 아쉬워했지만요."

"귀중한 1승을 손에 넣었잖아? 그 이상을 바라는 건 욕심이야."

미란다 사무장의 눈은 모니터와 눈씨름 중.

이래저래 2시간에 가까운 청취였다.

"이건 확인인데, 신들의 놀이에서 5승 이상 거두면 게임 난이도가 오른다는 것도 확실한 거지?"

"맞습니다, 미란다 사무장님."

소파 끝에 앉은 넬이 힘주어 끄덕여 보였다.

"덕분에 상당히 어려운 게임이 되고 말았습니다. 상세한 내용은 보고한 대로입니다만."

"그럼 확정이지. 단 한 게임이지만 신에게서 귀중한 정보를 산더미처럼 들었네. 수다를 좋아하는 신이었구나?"

미란다 사무장이 기분 좋은 듯이 커피가 든 컵을 입으로 가져갔다.

평소라면 철야 작업을 할 때 「수면 부족은 피부의 적」이라며 불쾌해하겠지만, 오늘 밤은 몇 안 되는 예외다.

페이 일행의 1승 추가.

거기다 신에게서 귀중한 정보도 손에 넣었다.

"사정 청취는 이걸로 끝. 너희도 방으로 돌아가서 쉬라고 말하고 싶은데……."

미란다 사무장이 일어났다.

소파에 앉은 페이와 넬과 레셰, 그리고 졸음을 못 이겨 눈꺼풀이 감기려 하는 펄을 둘러보고서.

"우로보로스 님께서 하실 말씀이 있다고 하던데 이미 들었니?"

"네? 아직인데요."

그러고 보니 신경 쓰였다.

신수의 열매 농구에서 귀환하면 지하 다이브 센터에서 기다리고 있을 것이라 생각했는데, 우로보로스의 모습은 어디에도 보이지 않았다.

"우리를 기다리고 있을 거라고 생각했는데……."

"기다리다 지친 모양이라 페이 군의 방에서 샤워하고 주무시겠대."

"제 허가는요?!"

그때.

그런 말을 하는 사이 집무실 밖 복도에서 시끄러운 발소리가 들렸다.

“무패인 나를 불렀어?!”

덜컥 문이 열리며 은발 소녀가 뛰어들었다. 입가에 뭔가 묻은 것은 아마도 아이스크림을 먹었기 때문이리라.

“아, 우로보로스. 묻고 싶은 게 있는데.”

“인간이에게 참견하는 신 말이야?”

“이미 아는구나. 과연…….”

레셰와 펄, 넬에게도 경위는 말해두었다.

거신상에 다이브했을 때.

동료들이 위그드라실 숲에 도착한 그때, 페이는 다른 신의 공간에 도착했었다.

그곳엔 이름도 모습도 알 수 없는『신』이 있었다.

……처음 듣는 목소리였어.

……그 녀석이 누구인지는 모르겠지만, 상대는 어째서인지 나를 알고 있었지.

그리고 명확하게 나를 적대시했어.

“진정한 위험 인자는 당신이었어요.”

“한동안 여기에 잠드세요. 신들의 놀이는 존재해선 안 됩니다.”

대체 어떤 신인가.

신들의 놀이를 공략하는 것에 위기감을 품고 있었다. 그렇게 느껴지는 구석도 있었지만.

"그 녀석 말인데."

우로보로스가 맞은편 소파에 앉았다.

"그런데 인간아, 루셰이메어에서 이겼을 때 **2승**이 카운트되지 않았어?"

"……!"

"흐흠? 뭐, 그럴 것 같았어."

우로보로스가 내 오른손을 바라보며 히죽였다.

"신들의 놀이는 인간이 이기면 1승. 그건 당연한 일이지만 살짝 희귀한 일이 벌어졌지?"

"……살짝 수준이 아닌 것 같은데."

의미심장한 말투다.

마술의 트릭을 알려주고 싶어서 근질근질한 어린아이와 같았다. 자신만만하게 말한 것처럼, 우로보로스는 이미 사태의 전모를 파악한 듯했다.

"그 미궁 게임, **신이 여섯 있었다**고 전에 말했지?"

"……그래. 거기에 레셰도 포함이야?"

"포함되지 않아. 그게 말이지……."

두 팔을 벌린 우로보로스가 손가락 여섯 개를 세워 보였다.

"엄청 귀엽고 무패인 나, 머리가 약점인 바보 명계신, 그리고 음침한 신 넷."

"……자기 이외엔 평가가 엉망이네."

"여기서 중요한 건 **게임 마스터가 누구였는가**야, 인간아. 그 미궁을 운영한 신은 누구냐는 거지."

"네?"

펄이 퍼뜩 눈을 떴다. 지금까지 소파 끝에서 졸고 있었지만, 우로보로스의 한 마디에 흥미가 생긴 듯했다.

"미궁의 게임 마스터는 아누비스 아니었나요? 스스로 『게임 마스터에게 불가능은 없다』고 선언했으니까요."

"짧아! 생각이 짧구나, 가슴아. 그러니까 머리가 아닌 가슴에 영양이 몰리는 거지!"

"그건 관계없잖아요!"

"바보 명계신은 죽어있었잖아. 너희가 라스트 보스로 부활시킬 때까지 미궁 운영도 방치했었던 걸 잊었어?"

"……저, 정말 그러네요……."

"그러니까 바보 명계신이 죽어서 게임 마스터가 아니게 된 시간이 존재해. 게임 마스터의 자리가 공석이라고 말하면 이해하겠어?"

"아앗! 그, 그런 건가!"

넬이 자리에서 일어났다.

"게임 마스터의 자리가 비었으니 다른 신이 게임 마스터를 대신할 수 있었다는 거군. 다시 말해 **게임 마스터인 신이 둘이었다!**"

"그래. 미궁에 숨은 신이 넷. 그중 하나가 게임 마스터를 대신한 거다. 무패인 내가 미궁을 공략하는 걸 두려워해서 다급히 게임 마스터 권한을 사용해 나를 강제로 미궁 밖으로 쫓아냈지."

다시 말해 게임 마스터는 중간에 교대한 것이다.

게임 시작 시에는 부재중인 아누비스를 대신해 공석인 게임 마스터 자리에 앉은 신이 있었다. 우로보로스의 이탈도 그 신이 게임 마스터 권한을 행사했기 때문일 것이다.

그 후에 아누비스의 부활.

진짜 게임 마스터가 부활한 것으로 대행하던 수수께끼의 신은 게임 마스터의 자리에서 물러났다.

……그런 건가.

……어째서 미궁 게임만 2승 판정이 나왔는지.

게임 마스터가 둘이라는 특이성이 신들의 놀이에서 2승이라는 특이한 결과를 가져왔다.

그리고 이 추측은 아마도 맞을 것이다.

수수께끼의 신이 말했던 말과도 정확히 일치하기 때문이다.

"그 미궁 게임은 절대로 공략할 수 없었을 터예요."

"그래서 저는 이쪽의 존재를 들키는 것을 감수하고 우로보로스를 미궁에서 제외했는데."

"……흐음."

잠자코 팔짱만 끼고 있던 레셰가 살짝 탄식했다.

"잘 모르겠지만 이상한 신이 있다는 거구나. 명계신의 미궁에 넷이서 몰려와서 잔꾀를 부렸다는 거지? 새끼뱀, 정체는 모르는 거야?"

"몰라."

우로보로스가 흥미 없다는 듯이 고개를 저었다.

또한 레셰가 『새끼뱀』이라고 불러도 딱히 신경 쓰지 않는 듯했다.

……신의 정체는 신경 쓰이네.

……그 신의 힘으로 아공간에 갇힐 뻔했으니까.

그전 단계도 그렇다.

전 세계의 사도가 미궁 루셰이메어에 모인 사건도 아누비스가 아닌 수수께끼의 다른 신이 흑막일 것이다.

"우로보로스 님."

모니터 앞의 미란다 사무장이 조심스럽게 입을 열었다.

"외람되지만 이 일행에게 한 가지 알려야 하는 일이 있습니다."

"응?"

"신안 렌즈의 이야기를……."

"아, 그랬지! 깜빡하고 있었어!"

우로보로스가 주섬주섬 옷 주머니를 뒤적였다.

거기서 작고 검은 기기를 꺼내고서.

"자, 인간아."

"……응? 신안 렌즈가 왜?"

사도가 영적 상위 세계로 가져가는 촬영 기기다.

이 렌즈로 촬영한 게임의 영상이 인간의 세계에 방송된다.

"이 녀석이 장난의 원흉이지."

"그렇다면……."

"미궁에 모인 인간은 전원이 이걸 갖고 있었지? 이것도 그 신이 한 장난야. 이 렌즈는 신의 목줄. 목줄을 달아두면 그 사슬을 당겨 인간들을 루셰이메어로 불러들일 수 있지. 이게 장난질의 내막이야."

"뭐?!"

소형 기기를 응시했다.

넬과 펄도 무심코 소파에서 벌떡 일어나 미란다 사무장을 바라보았고.

"미란다 사무장님?! 이 렌즈를 나눠준 건 신비법원인데요……."

"잠깐 기다려, 펄 군, 넬 군."

미란다 사무장의 탄식.

그럴 잘 알았다는 표정으로 고개를 저으며 말을 이었다.

"어떤 신이 신안 렌즈에 이상한 장치를 해뒀어. 그거라면 렌즈를 나눠준 신비법원이 수상하다는 지적은 지당하지만, 생각해봐. 신안 렌즈를 제작해서 전 세계에 배포한 건 어디지?"

"……네?"

"……그, 그건……."

펄과 넬이 얼굴을 마주 보았다.

두 사람은 말이 없었지만 그 표정이 점차 굳어져 가는 것을 알 수 있었다.

"본부야."

그렇게 말한 사무장이 안경을 들어올렸다.

페이도 처음 듣는 차가운 목소리. 그것은 분명 신비법원 지부 사무장으로서의 분노의 표출이었음이 분명하다.

"그럼 이걸 어쩐다……. 신들의 놀이에 도전하는 사도를 지원하는 기관이 신비법원. 그 본부라는 조직이…… 그렇단 말이지. 그 미궁에 사도가 갇혀서 귀환할 수 없었던 대사건이 설마 뚜껑을 열어보니 본부가 지급한 신안 렌즈가 원인이었다니."

아무도 답하지 않았다.

사무장의 말은 여기 있는 모두가 품은 속마음 그 자체였다.

"본부에는 보고했어. 어쨌든 직접 이야기를 들어봐야 하니까, 본부는 이사장이 직접 회의에 나온다고 해. ……하아, 정말 큰일이네.”

미란다 사무장이 다시 크게 한숨을 쉬었다.

“페이 군도 참석해 주겠니?”

“저도요?”

예상 밖의 지명이었다.

신비법원의 본부와 지부 전체의 회의라면 참가자는 분명 사무장급.

그곳에, 당사자라지만 사도인 자신이 불리게 될 줄이야.

“……그래도 되나요?”

“범인을 찾는 자리니까. 우로보로스 님이 보증한 말이잖아? 확실하지.”

의자에 앉는 미란다 사무장.

모니터에 나온 정보를 뚫어지게 바라보고서.

“본부에는 인간인 척하는 신이 있어. 그게 이번 사건의 흑막이 아닐까 싶네.”

Chapter

Player.3 모든 혼이 모이는 성좌

마인드 오버 마터

God's Game We Play

1

비적도시 루인에서 아득히 먼 세계 대륙의 남부.

그곳에 지상 수천 미터 상공을 부유하는 거대 도시가 존재한다. 이 시대, 이 세계에서 유일한 하늘을 나는 도시.

도시의 규모는 크지 않지만 고대 마법 문명의 마법 흔적이 가장 진하게 남은 땅.

신화도시 헤케트 셰에라자드.

아득히 먼 3천 년 전의 과거.

이 세계와 대륙은 지상을 활보하는 거대 생물들의 낙원으로, 인간이 있을 곳은 없었다.

그렇기에 인간은 도시를 공중에 띄웠다.

―『신의 보관』으로.

무패의 신에게 승리하여 받은 포상 중에서 비행 결정이라는 전설의 돌이 존재했다. 사람들은 이 돌을 사용해 도시를 만들고, 차례차례 도시를 하늘로 띄웠다.

—이것이 고대 마법 문명의 시작.

—그러나 이 문명은 3천 년 전에 홀연히 사라졌다.

어째서 이 문명이 없어졌는가.

현대에 대부분 유산이 남지 않아 조사하기 무척이나 곤란한데, 고대 문명의 마법 기술이 유일하게 남은 도시가 신화도시 헤케트 셰에라자드다.

푸른 하늘을 건너는 백조처럼, 무한히 펼쳐진 푸른 하늘에 떠오른 은색 도시.

신비법원 본부는 그곳에 있다.

달그락달그락.

빙글빙글.

몇백, 몇천 개나 되는 풍차로 장식된 탑이 본부.

그 부지에 있는 대도서관에서, 스테인드글라스의 다채로운 빛 아래에서 한 소녀가 묵묵히 책을 탐독하고 있었다.

"……."

아무도 없는 대도서관에서 오래된 책을 읽었다.

소녀는 도서관 사서가 아니다.

소녀는 신비법원에 소속된 사도다.

그 몸에 두른 것은 금색 자수로 장식한 검정 의례복.

그 의례복은 신비법원 본부 소속, 그것도 에이스 팀의 증표.

다시 말해, 세계 최강팀 『모든 혼이 모이는 성좌(마인드 오버 마터)』의…….

“헤레네이어.”

원숙한 남자의 목소리.

이름을 불린 소녀가 읽던 책을 덮었다.

“……네, 아버님.”

“찾고 있었다, 헤레네이어.”

불안정한 발소리.

소녀가 돌아본 입구 쪽에서 지팡이를 짚은 초로의 남성이 천천히 다가왔다. 그 모습에 소녀의 눈이 커졌다.

“안 됩니다, 아버님! 아직 몸도 성치 않으신데 방을 나오시면…….”

달려와 초로의 남성을 부축했다.

천천히 도서관 의자에 앉히고서.

“……한심하군.”

남자가 쓴웃음과 함께 고개를 저었다.

“신비법원 본부의 이사장이 전혀 제 역할을 못 하고 있어. 슬슬 은퇴해야 하나.”

“무슨 말씀이세요.”

소녀가 애정을 담아 미소 지었다.

고개를 젓는 아버지의 그 뺨에 자상하게 손을 가져가며.

"단순한 병이니 쉬시면 괜찮아지실 거예요……. 그래서, 무슨 일이신가요? 방에서 나오시면서까지 갑자기 찾아오시다니."

"성가신 일이 벌어졌다."

본부 이사장 아우구스투 미싱.

그 남자가 의자에 기댄 채 깊은 한숨을 쉬었다.

"미궁 루셰이메어 사건."

"……."

움찔.

소녀의 눈꺼풀이 살며시 떨린 것을 아버지인 이사장은 알아차리지 못했다.

"……2백 명 이상의 사도들이 귀환할 수 없게 됐던 사건. 그 일에 본부가 관여된 건지 의심을 사고 있다."

"사실무근입니다."

아버지를 향한 부드러운 목소리로.

그러나 거기엔 아버지에겐 들키지 않을 정도로 미약한 차가움이 담겨 있었다.

"누구보다도 신들의 놀이를 완전 공략하길 바라는 아버님께서 어째서 그런 불길한 사건과 관련이 있다는 걸까요. 애초에 무슨 근거로……."

"우로보로스."

"……."

"신이 인간 세계에 내려왔다. 물론 본체가 아닌 정신체라지만 그 신을 격파한 인간이 무척 마음에 들었다더군. 루인 지부에 산다는 보고가 있었던 건 너도 알고 있겠지?"

"……네."

"그 신이 단언했다. 신안 렌즈에 신들의 힘이 느껴진다고. 그렇다면 신안 렌즈를 배포한 본부에 의혹이 있다며 루인 지부에서 회의 요청이 있었지."

이사장 아우구스투가 힘없이 고개를 저었다.

당혹스러운 표정.

그야 당연하다. **이 인간은 정말로 아무것도 모르니까.**

"다른 지부도 참가한다. 아마 회의가 길어지겠지. ……이사장인 내가 설명해야겠지만, 한심하게도 지금의 내 체력이 버틸 것 같지 않다."

"알겠습니다, 아버님."

분한 듯이 어금니를 깨문 아버지의 등을 쓰다듬으며 소녀가 고개를 끄덕였다.

"**부이사장**인 제가 아버님을 대신해 출석하겠습니다. 무엇 하나 걱정하실 것 없습니다. 루인 지부의 의혹도 바로 풀릴 겁니다."

"……짐을 주고 말았구나."

"맡겨주세요."

일어서려는 아버지의 손을 잡았다.

그 등을 잡아주며 대도서관 출구까지 유도.

“회의는 내일 정오다. 미안하구나, 헤레네이어.”

“아니요. 아버님, 방으로 돌아가시면 바로 의사의 진단을 받아주세요.”

아버지를 웃는 얼굴로 마중했다.

그 힘없이 굽은 등이 보이지 않을 때까지 지켜보고서.

『……우로보로스. 그렇게까지 페이라는 인간이 마음에 들었다는 건가요.』

그 목소리는 소녀의 목소리가 아니었다.

분노 섞인 신의 목소리가 대도서관에 울렸다.

2

신비법원 루인 지부 회의실.

페이의 앞에는 서른 명 이상이 앉을 수 있는 커다란 원형 테이블이 놓여 있었다.

자리에는 페이와 미란다 사무장의 회의용 모니터가 설치되어 있었다. 참고로 옆에는 세 사람분의 모니터가 마련되어 있었는데.

“페이 군. 우로보로스 님은?”

"흥미 없다면서 거절했어요. 회의 참가를 바란다면 먼저 자신의 게임을 즐겨달라더라고요. 그런데 들어보니 빨리 끝내도 5백 시간은 걸릴 게임이었어요."

"……레오레셰 님도 그렇지만, 신은 게임 이외엔 흥미가 없구나."

모니터의 전원을 넣은 다음, 사무장이 씁쓸하게 웃었다.

"지금부터 열리는 회의는 우로보로스 님이 범인은 신비법원 본부에 있다고 말하신 것에서 시작된거니 증인으로 참가해주셨으면 했는데."

"신안 렌즈의 장치 말이죠?"

"맞아. 우리는 신의 힘을 느낄 수 없으니 상대가 「그런 장치는 확인할 수 없었습니다」 하고 말하면 반론의 여지가 없으니까. ……자, 그럼."

모니터 전원이 점등.

짧은 작동음과 함께 21분할된 회의 화면이 떠올랐다. 전세계의 20지부, 거기에 본부를 더해 21개.

"……우리 이외엔 아무도 보이지 않는데요."

"우리가 제일 먼저 왔나 보네. 뭐, 앞으로 20분 후엔 시작할 테니 느긋하게 기다려볼까. 페이 군, 이 틈에 화장실 다녀와."

미란다 사무장이 자료가 적힌 종이를 펼치며 진심인지 농담인지 알 수 없는 말투로 말을 이었다.

"오늘 회의는 길어질 테니까."

20분 후.

전 세계의 지부가 화상 회의를 열었고.

『신안 렌즈의 이상은 확인되지 않았습니다.』

조용해진 회의.

모니터 너머로 모인 30명 이상의 인물들 사이로 화면 중앙에 비친 소녀가 시원한 목소리로 그렇게 단언했다.

회의를 시작한 계기가 된 미란다 사무장이 설명을 마친 그 직후에 한 말이었다.

『미궁 루셰이메어에서 발생한 대규모 미귀환 사건. 신안 렌즈에 신의 힘이 간섭되었다는 루인 지부의 보고에 본부도 렌즈를 조사했습니다. ……하지만 특수한 흔적은 발견되지 않았습니다.』

부이사장인 소녀는.

모인 사람 중 그 누구와도 눈을 마주치지 않고 말을 이었다.

『또한 본부 소속 사무원과 사도에게도 확인했습니다만, 수상한 자는 없다고 판단했습니다. 이에 관해선 상세한 보고서를 준비하겠습니다.』

"질문해도 될까?"

페이의 옆에서 미란다 사무장이 한 손을 들었다.

"신안 렌즈의 이상을 발견한 건 내가 아닌 진짜 신인 우로보로스 님이야. 그런데도 이상이 없다고 단언할 수 있는 거야?"

『단언은 할 수 없습니다.』

소녀가 고개를 저었다.

『**본부에 인간밖에 없는 이상**, 아무도 신의 힘을 검출할 수는 없습니다. 안타까운 이야기이지만 본부가 할 수 있는 일은 신안 렌즈에 물리적 이상이 있는지를 확인하는 것뿐입니다. 우로보로스 님께서 직접 본부에 와주신다면 이야기는 다르겠습니다만.』

"……그렇군."

미란다 사무장이 떨떠름하게 팔짱을 꼈다.

신안 렌즈에 신의 힘이 담겼다고 주장한 것은 루인 지부지만, 그 힘을 인간이 확인할 수 없는 것이 답답한 점이다.

증거를 제시할 수 없다.

그렇기에 우로보로스가 증언자로서 회의에 참여해줬으면 했는데.

……그건 그렇고, 뭔가 신경 쓰이는데.

……뭐지? 본부의 저 자신만만한 말투는.

페이의 마음에 걸린 것은 설명의 마지막 부분으로 우로보로스가 본부에 온다면 증거를 제시할 수 있었을 거라는 말로 받아들여진다.

그러나, 뒤집어보면.

우로보로스는 움직이지 않는다고 확신한 것처럼 들린다.

게임 이외의 인간 세계의 사건에는 흥미가 없다는 우로보로스의 성격을 아는 것처럼 들린 것은 기분 탓일까.

『다른 질문은 없으십니까? 이사장님께선 건강이 좋지 않으시니 계속해서 부이사장인 제가 대답해 드리겠습니다.』

정숙.

지부의 대표자들은 못마땅한 표정이었다.

전 세계의 사도가 미궁 루셰이메어에 갇혔다. 신안 렌즈에 사도들을 모으는 장치가 있었다는 것을 증명할 수 있다면 다른 사무장도 비판의 목소리를 냈겠지만.

아무도 증거를 제시할 수 없다.

우로보로스가 직접 앞으로 나서지 않는 한.

『미궁 루셰이메어의 일은 본부로서도 계속해서 조사하겠습니다. 그럼 오늘은…….』

“마지막으로 한 가지 물어도 될까?”

소녀의 말을 가로막듯 페이가 입을 열었다.

모니터 너머로.

커다란 비취색 눈동자로 이쪽을 바라본 소녀의 표정이 굳어졌다.

『페이 테오 필스…….』

"응? 날 알고 있어?"

『당신은 본부에서도 유명하니까. 나도 당신에게 관심이 있어.』

본부의 부이사장.

아니. 지금 이때만큼은 이렇게 바꾸는 것이 적절할 것이다.

헤레네이어 O 미싱.

신비법원 본부가 자랑하는 최강팀 『모든 혼이 모이는 성좌(마인드 오버 마터)』의 리더.

푸르른 비취색 눈동자와 푸르스름한 연보라색 머리카락을 양옆으로 묶고 있었다. 페이는 상대의 나이까지는 알 수 없었지만 얼굴을 볼 때 동년배일 것이라 생각했다.

……뭐지?

……**처음 만난 걸 텐데**, 그런 것치고는 목소리가 딱딱해.

묘한 위압감이 있다.

적의라 할 정도로 험악하지는 않지만 이쪽을 향한 그녀의 목소리는 마치 강철로 된 벽과 이야기하는 것 같은 무기질적인 느낌이 들었다.

『네가 미궁 루셰이메어를 공략해서 그 게임에 붙잡혔던 사도들이 해방됐지. 고마워.』

"그거 고맙네. 나만의 힘은 아니었지만."

『겸손? 신들의 놀이에서 **7승 0패**. 그런 대기록을 달성한 네 실력을 의심하는 사람은 없어. ……그래서?』

"한 가지 신경 쓰이는 게 있었거든. 대단한 건 아니지만."

그렇게 말해두고서.

페이는 다시 이쪽을 바라보는 소녀를 똑바로 바라보았다.

"방금 했던 말. 신안 렌즈의 장치에 관해 본부의 사무원과 사도의 이야기를 들었다고 했는데, 그 조사는 누가 한 거지? 이사장님이 직접?"

『이사장님은 건강이 좋지 않으셔. 지금은 회복에 전념하고 계시지.』

"그렇다면……."

『이야기를 들은 건 나.』

"그럼 이건 어디까지나 공정성을 위해 말하는 건데…… 헤레네이어, **널 조사한 사람은 아무도 없다는 거지?**"

『…….』

순간.

오싹해질 정도로 조용해진 뒤.

『여기서 날 조사하겠어?』

"내가 뭘 할 수 있겠어?"

페이가 떠보는 듯한 말투의 소녀를 향해 어깨를 으쓱였다.

"신의 힘이 개입됐다는 건 같은 신이 아니면 몰라. 그러니 우로보로스의 증언은 중요한 의미가 있다고 생각했지."

『그래. 물론 우로보로스 님께서 직접 본부로 와주셔서 조사하신다면 환영하겠지만.』

"그럼 조만간 실례할게."

『…….』

부이사장의 눈이 커졌다.

말도 안 돼. 우로보로스는 움직이지 않는다. 인간의 사정 따위는 상관하지 않고 게임을 즐기는 신이 일부러 나른 도시까지 움직인다는 건가?

그런 당황한 마음이 비친 것 같았다. 적어도 페이에게는.

『우로보로스 님께서?』

"아니. 이쪽엔 **신이었던 자**가 있으니까."

『……설마 북쪽 대한파 지역 레이어스 벨트에서 깨어난 용신?』

"그래. 레셰라면 뭔가 알아차릴지도 모르지."

신의 탑에서 떨어진 것으로 용신 레오레셰는 신의 감지력을 잃었다.

남은 감지력은 아마도 10퍼센트 미만.

그러나 신비법원 본부에 가면 무언가를 알아차릴 가능성이 높을 것이다.

"본부에는 신이 넷이나 숨어있으니까."

강력한 신이 넷.

그렇게나 신의 기운이 강하다면 레셰의 약해진 감지 능력으로도 감지할 가능성이 있다.

『…….』

연보라 머리 소녀가 숨을 내쉬었다.

『그래. 그 사건이 해결될 수 있다면 본부로서도 바라는 일이니까. 그럼…… 다른 사안이 없으면 폐회하겠습니다. 참석해 주셔서 감사합니다.』

이야기는 끝났다.

그렇게 말하는 것처럼 솔선해서 본부의 영상이 끊겼다.

뒤이어 다른 도시의 영상도 사라지고 페이가 바라보는 모니터가 검은색으로 변했다.

"정말 예상대로네. 본부의 사무 쪽도 모르는 게 당연하겠지. 우로보로스 님처럼 신이 아니면 알아차릴 수 없다는 거지."

미란다 사무장이 하품을 크게 했다.

계속 똑바른 자세로 있었기 때문인지 일어나 기지개를 쭉 켜고서.

"그럼 페이 군, 앞으로의 일 말인데……."

"……! 미란다 사무장님, 화면!"

페이가 사무장의 말을 가로막고 모니터를 가리켰다.

출석 2, 퇴석 19.

자신 이외에도 회의에 남은 도시가 있다. 그리고 그곳은.

"신화도시…… 본부인가?!"

『하나 물어보는 걸 잊어서.』

모니터에서 흘러나온 소녀의 목소리.

헤레네이어는 퇴실하지 않았다. 영상만 끄고 음성은 아직 회의에 연결한 상태였다.

……어째서지?

……설마, 이 순간을 의도적으로 만들었나? **나하고만 대화하기** 위해?!

『페이. 당신, 게임을 좋아해?』

무슨 의미일까.

소녀가 한 질문의 의미를 이해할 수 없었다. 신들의 놀이에서 연승을 거둔 사람에게 물어볼 말인 것 같지는 않았다.

"……말 그대로의 질문이라면, 물론 좋아해."

그러나.

소녀의 이어진 말에 페이는 물론 사무장조차 동시에 말문을 잃었다.

『신들의 놀이 공략은 이제 그만 하지 않을래?』

"……뭐?"

『이 세계에서 인간의 유희 거리는 수없이 많아. 인간의 짧은 수명으로는 전부 즐길 수 없을 정도로 수없이. 그렇다면 굳이 신의 게임에 고집할 필요는 없지 않아?』

순간적으로 말이 나오지 않았다.

그 말에 동의하기 때문이 아니다. 너무나도 상식 밖의

이야기였기 때문이다.
……본부의 에이스 팀의 리더인데?
……신들의 놀이에서 7승을 거둔 팀이 할 말인가?
옆에 있는 미란다 사무장도 너무 놀라 입이 다물어지지 않는 상태였다.
『어때?』
"미안하지만……."
새까만 화면.
상대의 얼굴이 보이지 않지만 페이는 눈앞 모니터를 바라보았다.
『내게도 신들의 놀이에 도전할 이유가 있어.』
약속했다.
그 약속은 이런 갑작스러운 제안에 흔들릴 정도로 가벼운 것이 아니다.

"나는 신으로 돌아가기 위해. 너는 그 사람을 찾기 위해."
"전력을 다해 도전한다고 약속할게. 신들의 놀이 10승을 목표로."

『……그래.』
검은 화면 너머로.
마이크 기능을 통해 소녀의 목소리만 전해졌다.

『아직 모르는구나. 신들의 놀이에서 10승을 하면 **안 된다**는 것을.』

"……뭐?!"

무슨 뜻일까.

페이가 앞으로 몸을 숙여 모니터에 다가간 것과 동시에.

『본부에 올 거면 사전에 연락해줘.』

그런 말을 남기고.

신비법원 본부의 소녀는 회의에서 떠났다.

3

사도들의 기숙사.

회의를 마치고 미란다 사무장과도 헤어진 후.

"……."

페이는 자신의 방바닥에 드러누워 천장을 올려다보았다.

버릇인지도 모른다.

생각할 때는 의자보다 바닥에 눕고 싶어진다. 침대에 누우면 졸음이 찾아오니 누울 거라면 딱딱한 바닥이 좋았다.

……이 방에서 이렇게 깊은 생각에 잠기는 게.

……세 번째인가.

두 번째는 얼마 전이다.

반년 만에 루인 지부로 돌아온 날. 붉은 머리 누나와 닮은 용신 레오레셰를 만나 무의식중에 두 사람이 겹쳐 보이고 말았다.

그럼 첫 번째는?

신인이었던 페이의 팀이 해산한 날이다.

어째서 해산했는가. 신인이었던 페이는 무슨 일이 일어났는지 알 수 없어서 온종일 이 방에서 멍하니 지낼 수밖에 없었던 기억이 있다.

"페이는 반년 만에 돌아왔지? 그전에 들어갔던 팀도 있었을 것 아냐."

"해산했어."

"싸웠어?"

"아니, 다들 친했어. 갑작스러운 일이었어. 내가 팀 방으로 가니 해산이 정해져 있었거든……."

레셰가 물었을 때도 그렇게 대답했다.

그러나 돌이켜보면 한 가지 징조가 있었다. 팀이 해산하기 며칠 전, 리더가 혼잣말했다.

"보고 말았어. 이 게임은 클리어(10승)하면 안 돼."

당시엔 무슨 말인지 알 수 없었다.

그러나 오늘.

헤레네이어의 말을 들은 순간 퍼즐 조각들이 맞춰졌다.

팀 해산 직전에 리더가 한 말의 뜻은 혹시……「신들의 놀이는 공략(10승)하면 안 된다」는 것이 아니었을까?

"잠깐, 그렇다면!"

벌떡 일어났다.

"선배는 대체 뭘 본 거지?"

무언가를 봤다.

그것이 원인이 되어 신들의 유희는 공략하면 안 된다는 답에 도달한 것이라면.

"선배에게 물어볼 수 있다면…… 헤레네이어가 한 말의 의미도 알 수 있지 않을까……?"

심장 고동이 빨라진다. 신과의 대결에서 느꼈던 것과는 다른 이질적인 긴장감 속에서 테이블 위의 통신기에 손을 뻗었다.

『아, 여보세요, 페이 군? 무슨 일이니? 아까 회의에 관해서라면…….』

"미란다 사무장님."

호흡 한 번.

자신을 진정시킬 수 있는 시간을 두고서 페이가 말을 이었다.

"케이오스 선배가 어디 있는지 알아봐주실 수 있어요?

제 이전 팀인 『각성(어웨이킹)』의 리더였던.”

4

다음 날.

“그런 사정으로 케이오스 선배를 만나보고 싶어.”

“그런 사정이라는 게 너무 억지 아닌가요?!”

미란다 사무장의 집무실.

테이블을 둘러싸고 앉은 페이, 레셰, 펄, 넬.

“……하아. 생각할 게 너무 많다고요.”

펄이 깊은 한숨을 내쉬었다.

낙담했다기보다 페이가 한 말의 정보량에 압도됐기 때문일 것이다.

“페이 공의 이전 팀 이야기, 흥미롭게 들었다.”

옆자리 넬은 팔짱을 끼고서 얌전한 표정이었다.

“그런가…… 레셰 공과 새로운 팀을 만들기 위해 팀을 탈퇴했나 싶었는데, 『어웨이킹』 팀은 해산한 건가. 그리고 당시의 리더 케이오스 공이 팀 해산 직전에 의미심장한 말을 했다는 거군.”

이 게임은 클리어해선 안 된다.

그 말이 신비법원 최강팀 『마인드 오버 마터』의 리더가 한 말과 기묘하게 일치한 것처럼 느껴졌다.

신들의 놀이는 공략해선 안 된다고.

"레셰 공. 우리 중에 방금 이야기를 듣고 짐작되는 게 있는 사람이라면 레셰 공일 텐데……?"

"전혀!"

주홍색 머리를 나부끼며, 레셰가 힘껏 고개를 저었다.

"신들의 놀이를 다스리는 신이었던 입장으로 말하는 건데, 신들은 게임에 도전하는 인간은 대환영이고, 인간이 이기면 패배를 인정할 거고, 10승을 거둔 인간이 나타나면 축하한다는 정도의 마음이야. 10승을 거뒀다고 상황이 나빠지는 일은 절대로 없어!"

"……그렇겠죠."

테이블 위의 쿠키를 집으며 펄도 수긍했다.

"사무장님은 회의에서 어떤 인상을 받으셨어요?"

"아마도 예상대로야."

미란다 사무장은 직무실 책상에서 모니터를 노려보는 중이다.

"본부의 이사장이 큰 병을 앓게 된 직후거든. 따님이자 부이사장이기도 한 헤레네이어 양이 회의에 나온 것도 타당해. 신안 렌즈에 담긴 신의 힘도 모른다고 할 거라 생각했지. 인간은 알아차릴 수 없는 거니까."

"……그럼 헤레네이어 씨는 어째서 페이 씨에게 그런 말을 했을까요?"

"내 추측인데, 추월당하기 싫었을지도 몰라."

미란다 사무장이 단말을 터치.

벽에 설치된 거대 스크린이 켜지며 페이와 헤레네이어 두 사람의 모습이 비쳤다.

【7승】 헤레네이어 O 미싱. (팀 『모든 혼이 모이는 성좌(마인드 오버 마터)』)

【7승】 페이 테오 필스. (팀명 미등록)

"나로서는 페이 군 팀명이 아직 정해지지 않아 고심인데, 뭐 그건 그렇다 치고……."

미란다 사무장이 모니터를 가리켰다.

깔끔하게 맞춰진 두 개의 「7」을.

"똑같거든. 페이 군의 승수가 세계 최강팀 리더하고."

"오오?! 괴, 굉장하잖아요!"

"다만, 신비법원 공식 데이터야. 실제론 북메이커에게 3승을 잃었지만…… 뭐, 다시 말해 **헤레네이어 양 시점으로는 똑같아졌다**고 생각한다는 거지."

페이의 진짜 승리 수는 6.

페이가 신안 렌즈를 장착하지 않고 다이브한 두 가지 게임…… 북메이커 전, 그리고 신수의 열매 농구 전을 **본부는 볼 수 없었다.**

거기서 승리 수에 관한 인식이 달라졌다.

“그냥 내 추측이야. 이사장의 외동딸이자 세계 최강팀의 리더 헤레네이어 양에겐 뒤에서 빠르게 쫓아온 페이 군을 라이벌처럼 여겨도 이상하지 않겠다 싶은 거지.”

“……실례지만 나도 그렇게 생각했다.”

고개를 끄덕인 넬은 조금 씁쓸한 표정이었다.

“우리가 이대로 계속 이기면 인류 사상 최초의 완전 공략으로 자신을 추월할지도 모른다. 그걸 견제하는 의미로 「신들의 놀이에서 10승 하면 안 된다」고 말한 것이 아닐까 했지. 페이 공은 어떻게 생각하지?”

“……나도 아직 진의는 모르겠어.”

사무장과 넬이 말하는 라이벌 견제일 가능성도 버릴 수 없다.

그러나 그것으로는 설명할 수 없다.

옛 팀 『어웨이킹』의 리더 케이오스가 말한 「이 게임은 클리어해선 안 된다」는 통한의 속삭임의 수수께끼가 풀리지 않는다.

……하지만 신이었던 레셰는 짐작되는 게 없다고 단언했어.

……그렇다면 케이오스 선배는 무엇을 보고, 무엇을 알게 된 거지?

“미란다 사무장님, 어제 부탁한 일은요?”

“케이오스 군의 행방 말이지? 반년 전 기록밖에 없어.”

사무장이 단말을 다시 조작.

스크린에 비친 것은 어두운 푸른 머리에 단정한 얼굴의 청년이었다.

"팀 해산 신청이 반년 전. 그 후에는 신비법원 기숙사도 정리하고 루인에서도 떠났어."

"어딜 갔는지 알 수 있을까요?"

"유적도시 엔쥬."

그렇게 대답한 미란다 사무장이 어쩔 수 없다는 듯이 안경을 들어올렸다.

"고대 마법 문명의 터가 발굴된 땅. 관광 목적으로 갈 거라면 말리지 않겠지만, 휴가 신청은 내. 그리고 꼭 제대로 돌아올 것."

그르고 며칠 후.

고대도시 엔쥬에 도착한 페이 일행은 옛 팀의 리더 케이오스가 **다른 도시로 이동**한 후라는 사실을 알게 된다.

Chapter

Intermission 인간과 신의 종말의 시대

God's Game We Play

새보다도 높이.

푸른 하늘을 떠다니는 구름 속에서 은색으로 빛나는 부유도시. 고대 마법 문명의『마법』이 가장 많이 남은 신화도시 헤케트 셰에라자드.

그곳의 대도서관은 고요했다.

오래된 서적이 몇백 권이나 잠들어 있는 이 방은 1년 내내 방문하는 사람이 거의 없었다.

아무도 관심이 없기 때문이다. 아득히 먼 옛날에 무슨 일이 있었는가. 관심을 가진 사람은 극소수의 학자뿐.

그래서 소녀는 오늘도 혼자였다.

"……."

연보라색 머리의 소녀가 그 비취색 눈빛으로 가만히 책을 바라보았다.

조용히 페이지를 넘기는 손가락.

거기에 다가오는 발소리. 서서히 소리가 커지고.

"헤레네이어."

"……제 독단입니다. 페이를 영적 상위 세계에 가두려 한 것은 당신의 원한을 살 것을 각오하고 한 일이에요."

뚜벅.

발소리. 그러나 헤레네이어는 돌아보지 않고 말을 이었다.

"하지만 실패했어요. 그의 어라이즈에 방해를 받았어요. 그에게 어라이즈를 준 신은 그를 꽤나 사랑했을 거예요. 누가 이름 지었는지 모르겠지만 『신의 총애를(메이 유어 갓) 받다』라니, 정말 잘 어울리네요."

"그건 알겠다. 내가 묻고 싶은 건 그다음이야."

"그가 본부에 온다면, 말인가요?"

그녀가 책을 덮었다.

"아무것도 하지 않을 거예요. 그에게 제 정체가 들킨다 해도 우리의 목적과 행동은 변하지 않아요. 변해선 안 돼요."

"……."

"오히려 케이오스, 제가 걱정하는 건 당신입니다."

덮은 책을 든 채로.

헤레네이어가 조용히 돌아보았다. 눈앞에 선 장신의 청년에게.

"당신은 우리 팀의 코치입니다. 당신의 협력 없이는 이 계획은 실행할 수 없었죠. 고마워하고 있어요."

"그래."

"그와 동시에 당신은 우리 팀의 유일한 인간입니다. 저처럼 **인간과 신이 섞인** 것도 아닌, 완전한 인간."

"그렇지."

"그리고 당신은 페이가 속했던 팀의 리더였다고 들었습니다. 그와 재회했을 때 당신이 정에 휩쓸려 그를 도와주지 않을까 걱정이에요."

"……."

"어떤가요?"

"그 걱정은 어떤 의미론 타당해. 하지만 결론은 반대야, 헤레네이어."

청년이 책장에서 오래된 책을 꺼냈다.

고대 마법 문명의 연구서. 그 표지를 내려다보며.

"나는 인류를 위해 신들의 놀이를 막고 싶다. 그것이 돌고 돌아 나와 페이를 위한 일인 이상, 그날 네게 맹세한 결의가 흔들릴 일은 없어."

"그거 다행이네요."

소녀가 살며시 미소 지었다.

모든 지부와 본부가 모인 회의에서 무표정에 가까웠던 소녀가 처음으로 인간다운 감정을 보인 순간이었다.

"미궁 루셰이메어 계획에는 시간이 필요했어요. 하지만 그 계획이 실패했다 해도 우리는 포기할 수는 없어요. 다른 분들도 한동안 힘을 빌려주시길 부탁합니다."

소녀와 청년의 뒤.

어슴푸레한 등불 아래로 세 사도가 있었다.

대도서관의 문은 닫혀있었다. 어느 틈에, 그리고 어떤

방법으로 여기에 나타났을까.

세계 최강팀 『모든 혼이 모이는 성좌(마인드 오버 마터)』.

—심약해 보이는 붉은 머리 소녀.

—모노클을 낀 지적인 청년.

—생글거리는 갈색 소년.

그리고, 리더인 헤레네이어.

네 사람 모두가 신.

더 정확하게 말하자면 한 명이 반인반신, 다른 세 사람이 신의 정신체.

전부 강력한 존재들.

“저, 저기…… 명계신 언니는 이제 도와주지 않는 걸까냥……?”

붉은 머리 소녀가 조심스럽게 말했다.

—초수(超獸) 니벨룽.

인간에게 『초인화』의 초석이 된 어라이즈를 부여한 신이 안타까운 듯이 말했다.

“미궁 보스인 『잠자는 사자』와 『스핑크스』의 디자인, 짐도 도와줬는데냥……. 실망이다냥…….”

“허허. 아쉬워할 것 없다, 니베. 신이란 변하지 않는 법. 그러나 변덕스럽다. 그래서 신은 재미있지.”

낭랑한 하이톤으로 웃어넘긴 것은 갈색 소년이다.

사랑스럽다고 부르기에 어울리는 동안과 하이톤이지만, 그 말투는 기묘할 정도로 노련함이 느껴졌다.

"말하자면 본인이 도와준 것도 변덕이지. 안 그런가, 헤케."

"어르신."

갈색 노년에게 헤레네이어가 한숨 섞인 말투로 답했다.

"지상에서 저는 헤케트 마리아(Heckt-Maria)가 아닙니다. 헤레네이어 O 미싱입니다. 저는 아직 조금 더 인간으로 있고 싶습니다."

"오오, 실례했군."

"그리고 한 가지 더."

헤레네이어의 치기 어린 쓴웃음.

이 소녀로서는 흔하지 않은 장난스러운 말투로.

"저는 어르신을 소중한 동료라고 생각하는데요? 변덕 같은 게 아니라 진심으로 제 바람에 찬동해 주시리라 생각합니다."

"……음. 뭐, 그렇지……."

"후후, 이번엔 정령왕(아라라소라기) 할아버지가 곤란해한다냥. 헤레네이어, 이 할아버지는 이렇게 보여도 순정에 약하다냥!"

마음 약해 보이는 붉은 머리 소녀가 재밌다는 듯이 어깨를 들썩이며 말했다.

"신은 전지전능. 따라서 개인을 좋아하고 모든 것을 고르지 않지. 하지만 헤레네이어는 달랐어. 신이면서 짐에게 협력을 요청했다. 그런 **참으로 신답지 않은** 모습이 귀여워서 짐도 헤레네이어에게 힘을 빌려준 거다냥."

"……저는 절반이 인간이니까요. 신답지 않은 점은 특기입니다."

헤레네이어가 숨을 내쉬었다.

절반은 인간이다. 그 말에 담긴 수많은 감정은 전지전능한 신들조차 모든 것을 들여다볼 수 없음이 분명했다.

"경도 잘 부탁합니다, 나후타유아."

"……."

모노클을 낀 청년이 묵묵히 끄덕였다.

이 신은 스스로 말하는 일이 거의 없다. 하지만 인간의 말을 할 수 없는 것이 아니다.

이것 또한 게임.

말을 사용하지 않고 얼마나 의사를 전할 수 있을지, 그런 전략 게임을 즐기는 것뿐이다.

그렇다.

이 신들 또한 마찬가지로 게임을 사랑하는 자들.

그런 신들이 정한 계획이.

"죄송해요, 아버님."

정숙한 대도서관에서.

어스름한 전등 빛 아래로 소녀 헤레네이어가 기도하듯

고개를 들었다.

"당신의 딸은 신들의 놀이를 공략하지 않고 부수겠습니다."

이것은.

인간과 신의 사이에서 흔들리는 소녀의, 인간과 신을 나누는 계획.

Chapter

Player.4 그때, 그 사람이 본 것은

God's Game We Play

1

유적도시 엔쥬.

이미 수십 년도 더 된 일. 오래된 전승에 불과했던 고대 마법 문명의 존재가 이 땅에 처음으로 드러났다.

하늘을 나는 도시들.

그러나 무언가가 원인이 되어 **도시들이 연이어 지상으로 추락했고**…… 고대 마법 문명은 전설 속으로 사라졌다.

그 유적이 이곳에 있다. 이 도시의 화산재에 뒤덮인 지층에서, 지금도 유적 발굴이 이어지고 있다.

대륙 철도로 하루 이상 이동하고.

회색 화산재가 쌓인 대지를 건너 먼 유적도시 엔쥬에 도착했지만.

"……어쩐지 조용한 도시네요."

"솔직히 말하자면 조금 적적하군. 더 활기찬 곳이라고 생각했다만."

펄에 이어 넬.

돌길을 걸으며 두 사람은 가도를 둘러보았다.

한마디로 말하자면 **오래됐다**.

우선 고층 빌딩이 없다. 기업의 사무실이나 고층 주택가와 같은 것이 거의 보이지 않고 잿빛 벽돌을 쌓아 만든 오래된 집이 많았다.

페이 일행의 거점인 루인처럼 세련된 거리와는 크게 달랐다.

거기다 신비법원 지부조차 없었다.

"……맛있는 식사를 기대했었는데요."

관광 안내 책자를 펼친 펄.

"……명물 음식은 딱히 없음. 유명 호텔도 없음. 몇 안 되는 특산품도 그저 「엔쥬」라고 적힌 쿠키와 초콜릿뿐. 이러면 여행하는 즐거움도 반감된다고요."

"지역만의 게임도 없어?!"

앞서 걷던 레셰가 마찬가지로 안내 책자를 응시하며 비명을 질렀다.

"말도 안 돼…… 유적도시라 할 정도니까 유적을 모티브로 한 게임이 있어도 될 텐데. 게다가 신비법원 지부조차 없다니…… 아아……."

레셰가 한숨을 내쉬고 빙글 회전하며 어깨를 늘어뜨렸다.

"페이, 돌아가자."

"페이 씨, 돌아가요."

"음. 이 땅에 머물 이유가 없는 것처럼 보인다만……."

레셰와 펄, 그리고 그 의견에 힘을 실어주듯 넬이 끄덕였다.

"페이 공, 안타깝지만 헛수고였던 모양이다. 예전 팀의 리더 **케이오스 공이 이곳에 없는 이상** 여기에 있을 이유는 없는 것 같다."

"……그러게."

세 소녀와 걸으며 페이는 손에 든 통신 단말을 내려다보았다.

표시 정보는 이전 팀 리더 케이오스의 주소. 그 주소는 이 대로의 모퉁이에 있는 곳으로 방금 지나친 참이다.

빈집이었다.

반년 전에 유적도시로 온 그는 이미 다른 도시로 떠났다고 한다.

……어떻게 된 거야, 케이오스 선배.

……루인에서 여기로 이사했는데, 반년도 지나지 않아 다시 옮겼다고?

애초에 **어째서 이곳을 골랐을까?**

신비법원 지부조차 없는 변경 도시. 유일한 특징이라면 고대 마법 문명의 유적이 있다는 점뿐이다.

"……미란다 사무장님의 정보는 여전히 믿을 수 없네."

페이에겐 두 번째다.

반년 전에는 붉은 머리 누나의 정보가 그냥 소문이었고 이번에서 허탕이었다.

“페이 공. 저녁에 출발하는 열차의 자리가 아직 비어있다. 그걸 타면 내일 밤중에는 루인에 돌아갈 수 있는데…….”

“그러게. 모처럼 관광하러 왔는데…….”

거리를 둘러보았다.

걸어 다니는 사람은 아이를 데리고 다니는 지역 주민과 발굴 현장 작업원들.

관광 목적의 여행객은 없었다. 이 도시는 유적 발굴의 땅이지, 관광하는 곳이 아니라는 뜻일 것이다.

“그럼, 돌아갈 준비를…….”

그런 페이의 머리를 향해 엄청나게 빠른 **무언가**가 떨어졌다.

“인간아, 잠깐마아아아아아아아아안!”

쿵!

운석이 떨어진 듯한 폭풍과 굉음이 도로 한복판에서 작렬.

“꺄?!”

“뭐, 뭐지! 폭발인가?!”

유적도시 엔쥬의 사람들이 비명을 질렀다.

소동을 들은 사람들이 계속해서 몰려들었다.

뭉게뭉게 피어오른 흙먼지 안쪽엔 거대 크레이터가 있었다.

무엇이 떨어졌을까? 미사일? 운석?

"아니, 나야!"

깊이 3미터는 될법한 크레이터 바닥에서 은발 소녀가 뛰어나왔다.

무패라는 두 글자가 적힌 화려한 티셔츠가 배까지 들춰질 기세로 공중에서 빙글 한 바퀴를 돌았다.

그대로 페이 앞에 서고는.

"……우로보로스?"

"인간아! 술래잡기는 내 승리구나!"

"술래잡기인지는 모르겠지만, 설마 루인에서?"

"맞아! 내가 잠든 사이에 인간이가 사라져서 쫓아왔지!"

참고로 오해다.

우로보로스가 잠든 사이에 이동한 것이 아니라 깨우려 했지만 너무 깊이 잠든 바람에 일어나지 않았을 뿐이다.

"하지만 인간의 조사는 관심 없다면서?"

"응. 그보다 여긴 어디냐? ……오오, **여긴 혹시**……?"

우로보로스가 주위를 둘러보았다.

방금 대폭발은 기적적으로 피해가 없었던 모양이지만 반대로 그 탓에 수십 명의 구경꾼이 모이고 있는 상황이다.

"……페이 공, 우리까지 주목받는 모양이다만."

“……페이 씨, 저기, 자리를 옮기지 않을래요?”

“여긴 싫어?”

귀가 밝아 넬과 펄의 속삭임을 들은 우로보로스가 말을 이었다.

“그럼 내가 초대해줄게.”

『어?』

“간다!”

우로보로스에게 손목을 붙들렸다. 페이가 그렇게 인식할 틈도 없이 온몸이 부유감에 휩싸이며 뇌가 흔들리는 충격에 눈앞이 새하얗게 됐다.

정신을 차리니 페이는 땅에 힘껏 부딪혔다.

“아프잖아!”

“응? 왜 그러냐, 인간아.”

“……허리가 부러지는 줄 알았다고……. 대체 무슨 일이…… 응?!”

눈앞의 광경은 거리가 아니었다.

하늘을 건넜는지 공간을 건넜는지.

“아, 여기 어딘지 알아요! 도시 변두리에 있는 발굴 현장이네요!”

펄이 꺼낸 도시 안내 책자.

거기에 소개된 사진과 눈앞 공사 현장과 같은 광경을 비교하고서.

"역시! 유적도시 엔쥬의 서쪽 일대는 고대 마법 문명 유적이 많이 발견됐다고 적혀 있어요. 그 발굴 현장으로 전이한 거예요, 페이 씨!"

"……여기가?"

재로 뒤덮인 거대 발굴 현장.

퇴색된 황금 재단이 있고.

현대어가 아닌 문자가 새겨진 돌기둥이 있으며, 몇 개는 부러지고 몇 개는 완전한 모습으로 남아 있었다.

그리고 눈앞에는 우뚝 솟은 거대한 흑암색 벽이 있다.

캠버스와 닮은 직사각형.

돌기둥과 마찬가지로 현대어가 아닌 문자가 빼곡하게 적혀 있었다.

"이거, 혹시……."

바위를 올려다본 레셰가 한발 다가갔다.

그리운 듯이 눈을 가늘게 뜨고서.

"『우리, 인간과 신, 교류의 증거』 ……고대 마법 문명 문자네. 어쩐지 본 적 있다 했어."

"……흠. 이게 말이지."

페이는 검은 비석에 새겨진 문자를 모르지만 고대 마법 문명의 산증인인 레셰의 말이라면 분명할 것이다.

"우로보로스. 왜 우리를 여기로 데려온 거야?"

"흐흠! 궁금한 모양이구나, 인간아."

우로보로스가 기쁜 듯이 밝은 목소리를 냈다.

"뭐, 나는 무패니까 말이야! 전에 약속했던 신이 있었다는 걸 떠올렸지. **합류 장소로 딱이야.**"

"응?"

"인간이를 만나게 해주고 싶은 녀석이 있지. 지금부터 그 녀석을 불러올까 한다."

만나게 해주고 싶은 녀석?

전혀 짐작되는 것이 없다. 옆에 있던 레셰와 넬, 펄도 알 수 없다는 듯이 고개를 갸웃했다. 그 순간, 우로보로스가.

"시간이 좀 걸릴 테니 너희는 놀고 있어라."

"……응?"

"……어?"

"……흐에?"

"……뭐야?"

쓰윽.

우로보로스가 재로 덮인 지면을 쓸었다.

순간 은색으로 빛나는 거대한 원기둥이 페이 일행의 발밑으로 순식간에 펴졌다.

자신의 꼬리를 문 뱀의 원.

시작과 끝이 일체화된 『무한』의 상징인 우로보로스의 고리. 그 고리가 둘러싼 대지가 점점 투명해지더니, 무지갯빛으로 빛나기 시작했다.

"이건……!"

"거신상 문과 같은 빛이에요!"

굉장한 힘.

인간 세계와 영적 상위 세계를 연결했다. 그렇게 이해한 순간.

페이 일행은 우로보로스의 고리를 통해 영적 상위 세계로 다이브했다.

Chapter

Player.5 VS 돈짱 —그리고 모두가 사라졌다 ①—

God's Game We Play

1

고위의 신들이 초대하는 신들의 놀이.

신의 선택받은 인간은 사도가 되어 엘리먼츠로 오갈 수 있게 된다.

지금.

페이 일행이 도착한 곳은 흙냄새로 가득한 유적 내부였다.

광장으로 보이는 이곳에는 다섯 개의 출구가 있었다. 각각 어두운 통로로 이어져 있었는데 안쪽에는 촛불이 흔들리고 있었다.

"……우리는 우로보로스에게 끌려온 모양이네."

지하 유적을 본뜬 신들의 놀이터일 것이다.

천장은 흙으로 되어 있고, 벽을 건드리니 쉽게 무너질 정도로 여린 토벽이었다.

"곰팡내 나고 공기도 탁하다. 상당히 음침한 곳이군……."

긴박한 말투로 넬이 말했다.

엘리먼츠라 하면 장대하고 신비로운 신들의 거처. 그러나 이 지하 유적은 어떤가. 음침하고 수상하지 않은가.

“불길한 예감이 든다, 페이 공. 이런 음침한 곳에서 사는 신이다. 아마도 제법 짓궂은 장치가 설치된…….”

다다다다.

그때, 소란스러운 발소리가 안쪽에서 울렸다.

“아하하! 잘 왔어, 내 미궁에!”

모피를 쓴 인간형 신.

소처럼 생긴 두 뿔이 달린 몸집이 큰 여신이었다. 점잖고 어른스러운 용모에 어깨가 드러나는 모피라는 원시적인 의상이었다.

“내가 바로 이 지하 미궁의 주인, 인수신(人獸神) 미노타우로스야!”

미노타우로스.

지하 미궁의 주인인『소』의 신이다.

그런 신의 최대 특징은…… 풍만한 가슴이었다.

달릴 때마다 크게 요동칠 정도로 대범하게 흔들렸고, 그 움직임을 본 레셰와 넬이 자신도 모르게「크다?!」하고 비명을 질렀을 정도였다.

“인간 넷, 잘 왔어…… 어라?”

그런 미노타우로스가 이쪽을 둘러보고서, 마지막 펄 차례에서 눈을 깜박였다.

펄을 응시했지만 그 시선은 얼굴을 향하지 않았다. 신이 바라본 것은 옷 안쪽부터 솟아오른 실로 훌륭한 가슴이었다.

"……밀리지 않아!"

넬이 외쳤다.

"보이는 크기는 미노타우로스가 위지만 신장÷가슴 사이즈 대비라면 내가 보기에 거의 호각! 이건 지금까지의 싸움 중 최고의 싸움이 될 거다!"

"그게 무슨 싸움인데요?!"

펄이 항의하는 와중, 얌전한 얼굴의 미노타우로스가 『아앗!』 하고 외치고 눈을 반짝이며 펄의 가슴을 가리켰다.

"내 동족이 있어!"

"전 인간이에요! 그보다 어딜 가리키는 건가요?!"

"혹시! 500년 전 헤어진 우리 언니?!"

"아니라니까요!"

예상치 못한 동족 인정이었다.

인수신 미노타우로스가 봐도 펄의 가슴은 『신』이라고 인정할만한 모양이다.

"자매가 분명해. 가슴과 성격이 같은 계통이니까."

"레셰 씨까지?!"

"잘 왔어, 인간들. 우선 내가 자랑하는 미궁을 봐줘!"

미노타우로스가 밝게 두 팔을 벌렸다.

"이 미궁에서 플레이어는 내게 붙잡히지 않도록 도망치

며 골인하면 돼! 후후후! 인간들, 이렇게 훌륭한 미궁을 본 건 처음이겠지?!"

"아니."

"……어?"

소뿔이 달린 여신이 눈을 깜박였다.

"기분 탓인가? 지금 무슨 말을……"

"……아. 저, 미안. 의욕적일 때 이런 말 해서 미안한데……."

분위기를 살피듯 쓴웃음을 떠올린 페이 일행은 서로를 마주 보았다.

"우리는……."

"우린 다른 미궁 게임을 얼마 전에 공략했거든."

"……과연. 많은 신이 있으니 이런 일도 있는 법이군."

"……**중복 게임**도 있네요."

그렇다. 설마 하던 중복이다.

명계신 아누비스의 미궁 게임.

인수신 미노타우로스의 미궁 게임.

넓은 미궁에서 탈출한다는 최대의 개성이 겹치고 말았다. 신들은 각자 자신의 취향대로 게임을 만든다. 다른 신이 어떤 게임을 만들었는지 당연히 알 리가 없다.

"뭐, 뭐뭐, 뭐라고?!"

미노타우로스가 동요하며 뒷걸음질 쳤다.

"으으…… 하지만 내 미궁에는 몬스터가 있고! 쓰러뜨리면 아이템을 얻을 수 있고! 그걸 사용해 마지막에는 보스인 나와 싸우는 대형 이벤트도 있어! 그렇게 우연히 게임이 겹칠 리가 없잖아!"

왕창 겹쳤다.

그야말로 아누비스의 게임 콘셉트와 판박이.

"……비슷하네."

"……난 똑같은 게임이라도 상관없어."

"저도 게임이 길지만 않으면 똑같아도 상관없어요."

"나도 이론은 없다. 똑같은 게임이기에 경험치를 살릴 수 있는 법이지."

"똑같다, 똑같다고, 하지 마아아아!"

지하 미궁에 메아리치는 신의 비명.

"……으, 으으으……."

소의 여신이 바닥에 주저앉았다.

그 어른스러운 두 눈가에 물방울이 맺히고.

"우와아아아아아아아앙!"

울기 시작했다.

눈이 새빨갛게 붓고 대량의 눈물이 주르륵 흐르고.

"어? 자, 잠깐, 울 것까지야……."

어색하다.

어떻게 달래야 할까. 페이 일행은 얼굴을 마주 보며 당황했지만, 발밑에서 일어나고 있는 이변을 깨닫기까지는 그리 오래 걸리지 않았다.

……찰랑.

미노타우로스가 흘린 눈물이 바닥에 고여 발목 높이까지 도달하려 했다.

눈물이 너무 많았다.

"우와아아아앙!"

미노타우로스의 눈에서 흐른 눈물이 바닥에 스며들어 노도와 같은 기세로 고이기 시작하더니 페이 일행의 무릎 높이까지 도달하기에 이르렀다.

"자, 잠깐 기다려다오, 미노타우로스 공! 이대로 가다간……."

"저희가 잠기겠어요!"

넬과 펄이 말려도 통하지 않았다.

계속해서 우는 신이 숨을 크게 들이마시고서는.

"포세이돈~!"

그렇게 외쳤을 때.

페이 일행의 무릎까지 차올랐던 물이 단번에 천장까지 솟구쳤다.

"본인의 친구를 괴롭힌 녀석이 누구냐!"

누군가의 커다란 목소리.

그러나 누구의 목소리인지는 알지 못했고, 동시에 지하 유적의 천장이 무너졌다. 대량의 모래와 먼지로 가득해지고.

정신이 들었을 땐, 푸르른 바다 위에 있었다.

헤엄치고 있는 것이 아니다.
그들은 무려 바다 위를 떠다니는 거대 해파리 위에 있었다.
"저기, 페이. 지하 유적이 바다 밑바닥에 있었던 걸까?"
"……아마도. 그 지하 유적 위에 설마 이렇게 넓은 바다가 있었을 줄이야. 그러고 보니 천장이 무너지기 전에 누군가의 목소리가 들린 것 같은데……."
그런 페이 일행의 앞에 해수면이 크게 솟아났다.
쫘아악, 하고 호쾌한 물보라를 튀기며 바닷속에서 거대한 흰고래가 나타났다.

"본인의 엘리먼츠이니라!"

새파란 머리의 소녀가 고래의 코끝에 서 있었다.
펄보다 앳된 얼굴과 호기심 왕성한 듯이 반짝이는 눈동자. 손에는 유독 커다란 삼지창이 들려 있었고.
"본인이 바로 해신 포세이돈이니라!"
외견만이라면 아직 어린 소녀 정도의 외형.
귀엽고 애교 있는 모습이지만, 온몸에서 흘러넘치는 압

박감은 그야말로 신의 힘이었다.

"포세이돈 공이라고? 우리의 상대는 미노타우로스 공이었을 터. 지하 미궁이 무너지고…… 이 바다는 당신의 엘리먼츠라고?!"

"아니야!"

신 소녀가 삼지창을 들었다.

"포세이돈 공이 아니다. 포세이돈 짱이다!"

"그, 그렇게 부르라는 건가?!"

예상치 못한 요구에 당황하는 넬.

"하, 하지만 신을 『짱』라고 하기엔 저항감이 있다. 차라리 포세이돈 님이라고 부르면 어떨까?"

"싫다! 꼭 부르고 싶다면 포세이돈 님짱이라고 불러!"

"……느낌 왔어요!"

그때 펄이 눈을 번뜩였다.

"그럼 돈짱이라고 하면 어떨까요?"

"허락하지!"

괜찮구나…….

페이 일행이 그런 감상을 떠올리자, 흰고래 위로 미노타우로스가 나타났다.

"돈짱은 말이지, 짱이라고 불리는 걸 좋아해."

포세이돈을 뒤에서 포옹.

몸집이 큰 미노타우로스와 어린아이 같은 포세이돈. 마

치 어린아이를 안는 어머니와 같은 분위기였다.

"크크크…… 설마 게임이 겹쳤을 줄이야. 그렇다면 미노짱 대신 본인의 게임으로 겨뤄보자, 인간들아!"

포세이돈의 당당한 미소.

"본인의 게임이 신경 쓰이나? 그렇다면 알려주……."

"돈짱의 게임은 말이지, 『그리고 모두가 사라졌다』라는 미궁 미신 게임이야."

"미노짱?! 어째서 먼저 말한 거야?!"

돌아보는 해신 포세이돈.

그런 포세이돈의 머리를 자상하게 쓰다듬으며, 미노타우로스가 웃었다.

"돈짱은 달리 할 일이 있잖아?"

"음…… 그럼 게임 설명은 미노짱에게 맡기지. 그럼!"

도약.

흰고래의 코끝을 차고 날아오른 포세이돈이 푸르른 해수면으로 뛰어들었다. 보글보글 거품을 내더니, 시간이 지나도 떠오를 기색이 없었다.

"어? 서, 설마 빠진 것 아닌가요?!"

해수면을 들여다보는 펄.

그 순간, 무한히 펼쳐진 바다가 둘로 갈라졌다.

크게 터지는 소리를 내며 둘로 갈라진 바다가 계속해서 나뉘었고, 점점 세밀하고 복잡하게 갈라지며 『바다의 미로』를 형성하기 시작했다.

"이, 이게 대체 뭔가요?!"

"……거창한 장치로군. 바다를 이런 식으로 쓰는 건가."

해파리의 등에서 뛰어내려 **지면**에 착지.

바다가 갈라져서 페이 일행은 바다 밑바닥이었던 곳에 설 수 있었다.

주위는 벽뿐.

그것도 콘크리트나 흙이 아니다. 바닷물로 만들어진 벽이 거대 미궁을 만들어졌다. 바닷물이라서 반투명 푸른색 안쪽으로는 물고기도 헤엄치고 있었다.

"……수족관에 떨어진 느낌이네요."

펄이 조심스럽게 벽을 건드려보았다.

퐁.

마치 해수면을 건드렸을 때처럼 벽이 물결쳤다.

"후후, 놀랐지?"

그런 미로의 안쪽에서 미노타우로스가 얼굴을 내밀었다.

"그 벽을 봐봐. 뭐가 보여?"

"음? 뭐가 보이냐고 물어도 말이다……."

넬이 해수로 된 벽을 가만히 들여다보았다.

"벽 안에는 물고기들이 헤엄치고 있을 뿐이다만……."

"아니, 아니. 해수면을 보면 거울처럼 자기 얼굴이 비치지 않아?"

"아, 그건 아까부터 봤다만…… 응?"

넬이 얼굴을 내밀었다.

거울에 허상이 비치듯 해수면에 자기 모습이 비치는 것은 무척이나 당연한 자연 현상이다.

페이, 레셰, 펄과 넬. 네 사람 모두의 허상이 비쳤다.

자신들의 허상 넷이 이쪽을 **보며** 히죽 웃었다.

"으앗?!"

등골이 서늘해지는 오싹함에 페이를 포함한 네 사람 모두가 물러났다.

그것과 거의 동시에.

해수면에 비친 허상이었을 페이, 레셰, 넬, 펄이 첨벙 소리와 함께 수면을 뚫고 나타났다.

완전히 똑같이 생긴 가짜 넷.

그때와 완벽히 겹치는 타이밍에 안쪽에 있던 흰고래가 뿜은 물이 맹렬한 폭포처럼 막대한 물보라를 일으키며 떨어졌다.

"꺄?!"

"큭?!"

물보라에 눈을 감았다.

진짜 페이 일행이 눈을 떴을 때는 이미.

페이A, 레셰A, 넬A, 펄A.
페이B, 레셰B, 넬B, 펄B.

가슴에 A와 B배지를 단 여덟 명이 원을 그리듯 늘어서 있었다.

방금의 물보라로.

가짜 넷과 진짜가 뒤섞였다.

"어어어?! 잠깐만요!"

B배지를 단 펄이 다급히 외쳤다.

"진짜인 제가 어째서 B인가요?!"

"그, 그게 무슨 말인가요?! 제가 진짜니까 A예요!"

A배지를 단 펄도 다급히 반론.

"가짜 주제에 정말 교묘한……! 페이 씨! 페이 씨라면 저 A야말로 진짜라는 걸 아시겠죠?!"

"페이 씨! B인 저야말로 진짜잖아요!"

완전히 똑같은 모습의 펄.

그러나 질문을 받은 페이도 두 사람 존재한다.

"그럼 펄, 물어보겠는데."

"나A와 나B 중에 누가 진짜인지 알겠어?"

『모르겠어요!』

펄AB의 대답도 정확하게 일치.

그렇다. 단순히 목소리만이 아니다. 말투과 억양까지 완벽하게 복제됐다.

“어때? 두근거리지?!”

기뻐하는 미노타우로스.

“**가짜는 전부 돈짱이야!** 돈짱은 해수면에 비친 것을 복제할 수 있거든. 우선 자신을 비춰 넷으로 나뉜 뒤에 너희 모두의 모습을 복제한 거야!”

“……과연. 그 말은 즉, 내 가짜가 돈짱 공이라는 건가?!”

“실로 교묘하군. 나와 똑같은 말투로 진짜인 척 연기하다니……!”

서로 노려보는 넬A와 B.

참고로 레셰A와 B는 딱히 싸우지 않고 서로 가만히 지켜보기를 선택한 듯했다.

“설명할게! 이 게임은『바다의 미궁 아틀란티스』탈출 게임! 너희는 돈짱이 변한 가짜보다 먼저 골인 지점에 도달하면 승리야!”

누가 먼저 미궁을 빠져나갈 것인가.

명계신 아누비스의 미궁은『던전』이었지만 이번에는 진정한 의미의『미궁(라비린스)』. 그리고 가짜와의 타임 어택이다.

“아, 한 가지 승리 조건의 특수 룰이 있어!”

미노타우로스가 손을 마주쳤다.

“진짜가 먼저 골인하고서 **골인 후에 여덟 명 중에 가짜 넷을 맞추는 것.** 이것에 실패하면 인간 측이 패배하니까

주의해.”

“……그렇군.”

넬A가 어금니를 깨물었다.

“빠르게 목표 지점에 도달하는 것만으론 안 된다는 거군. 미로를 나아가며 여덟 명이 만나, 어떤 수단으로든 가짜를 알아봐야 한다는 건가.”

“그럼, 다음 문제는 어떻게 가짜를 판별할지다.”

뒤이어 페이A.

“레셰A와 B 양쪽에게 묻겠는데, 이 중에서 가짜를 구분할 수 있어?”

“아마도 무리야.”

레셰A가 고개를 저었다.

“우선 육체 정보는 완벽히 복사됐어.”

“어라이즈도 그래. 신의 변신이니 인간의 어라이즈 정도는 간단히 복사할 수 있으니까.”

뒤이은 레셰B의 말이 끝나고.

두 사람의 말을 들은 페이B가 쓴웃음을 지었다.

“단순한 대화로는 진위를 알 수 없겠어. 그렇다면 뭔가 있는 거지?”

“『진위 터치』! 이게 가짜를 특정할 단서가 될 거야!”

미노타우로스가 다가와서는.

레셰A와 B의 어깨를 각각 가볍게 터치했다.

“각 플레이어는 **자신과 자신의 분신 이외의 사람에게** 『너는 진짜다!』 혹은 『너는 가짜다!』라고 선언할 수 있어. 『가짜다!』라는 말을 들은 가짜는 사라져서 게임 탈락. 『진짜다!』라는 말을 들은 진짜는 그대로 남아. 누가 봐도 진위는 명확하지. 다만…….”

미노타우로스가 눈을 실처럼 가늘게 떴다.

“선언이 틀리면 틀린 쪽이 사라져 탈락하니 조심해.”

설명하면 이렇다.

【진위 터치】

① 펄(진짜)이 페이(진짜)에게 「당신은 진짜입니다.」

→ (정답) 양쪽 다 남는다.

② 펄(진짜)이 페이(진짜)에게 「당신은 가짜입니다.」

→ (실패) 펄이 사라진다.

③ 펄(진짜)이 페이(가짜)에게 「당신은 가짜입니다.」

→ (정답) 페이가 사라진다.

④ 펄(진짜)이 페이(가짜)에게 「당신은 진짜입니다.」

→ (실패) 펄이 사라진다.

“응, 좋네!”

레셰B가 즐겁다는 듯이 끄덕였다.

“제대로 진짜 측에게 유리하네. 이 진위 터치, 가짜는 진짜를 없앨 수 없으니까."

레셰의 의도는 이런 뜻일 것이다.

⑤ 펄(가짜)이 페이(진짜)에게 「당신은 진짜입니다.」

→ (정답) 양쪽 다 남는다.

⑥ 펄(가짜)이 페이(진짜)에게 「당신은 가짜입니다.」

→ (실패) 펄이 사라진다.

⑤와 ⑥의 예처럼.

가짜 펄은 진짜 페이를 없앨 수 없다.

⑤는 페이의 정체가 확정된다.

⑥은 말을 꺼낸 가짜가 사라지는 동시에 진짜 페이까지 확정된다.

"정답이야."

미노타우로스가 기뻐하며 박수.

"이 진위 터치, 어떤 **상황이라도 가짜 측이 유리해질 일이 없어.** 아, 참고로 가짜 넷은 모두의 진위를 알 수 있어. 돈짱이 변신한 거니까. 그런 신과 인간의 정보 차이를 보완하기 위한 장치라고 생각해줘."

가짜 측의 진위 터치는 사용하면 불리해질 뿐.

이것은 인간 측(진짜)에게 유리한 장치.

"그럼 규칙 정리!"

미노타우로스가 손가락을 튕겼다.

바닷물로 된 미로에 수많은 거품이 모여 문자를 만들었다.

VS 『해신 포세이돈 짱』

게임 『미궁 미신 게임 ―그리고 모두가 사라졌다―』

【승리 조건】 진짜 네 사람 중 누군가가 첫 번째로 골인할 것.
동시에 골에 도착 시 여덟 명 모두의 『진위』를 맞출 것.
(예: 진짜는 페이A, 레셰B, 넬B, 펄A 등을 맞춤)

【패배 조건 1】 가짜가 먼저 골인하는 것.

【패배 조건 2】 진짜 측의 대표자가 여덟 명의 진위 판정에서 틀릴 경우.

【기타 1】 미로의 분기에는 『나아가는 길』, 『돌아가는 길』이 적혀 있음.
(정확하기 때문에 『나아가는 길』을 계속 고르면 최단 루트)

【기타 2】 신(가짜 넷)은 누가 가짜인지 알고 있음.

【기타 3】 플레이어 여덟 명은 각각 진위 터치를 사용할 수 있음.

★진위 터치

① 각 플레이어는 자신과 자신의 분신 이외에게 『진위 터치』를 사용 가능.

② 닿은 순간 『너는 가짜다』 『너는 진짜다』 중 하나를 선언.

·『너는 가짜다』—진실이라면 터치한 가짜가 소멸.

·『너는 진짜다』—진실이라면 터치된 진짜는 남음.

③ 틀릴 경우 : 터치한 측이 사라지니 주의.

모두가 모인 광장 안쪽.

그곳엔 사람 수에 맞춘 여덟 개의 시작 지점이 있다.

"다들 다른 시작 지점을 선택해. 참고로 골까지의 거리는 전부 다르니까 잘 고르는 게 좋을 거야. 정했어?"

미노타우로스의 손에 카우벨이 들려 있었다.

원래는 방목하는 소의 목에 다는 종인데, 그것을 크게 들고서.

"스타트!"

골인까지의 레이스.

여덟 명 모두가 바다의 미로 아틀란티스로 뛰어들었다.

2

바다의 미로 아틀란티스.

빨려 들어갈 것처럼 깊은 쪽빛 바다에서 펼쳐지는 『바다의 미궁』 입구에서.

"……신경쓰이는 점이 너무 많단 말이지."

페이는 바닷물로 만들어진 미로의 벽을 손가락으로 찔러 보았다.

출렁이며 튀는 물방울.

바닷물로 만든 벽이라서 해수면과 마찬가지로 찌르면 손가락이 물에 잠긴다.

"이 벽은 물에 젖는 걸 각오하면 벽 안으로 헤엄쳐서 나아갈 수 있을까? 아니, 골 방향도 알 수 없으니 필요 없겠지."

가슴에는 B라고 적힌 배지.

그렇다, **진짜 페이는** B다.

반대로 페이A는 가짜지만, 다른 사람은 알 수 없을 것이다.

"실제로 나도 마찬가지야. 레셰, 펄, 넬의 가짜가 너무 똑같아서 판단할 수 없었지. 판단할 수 없으니 진위 터치를 활용하라고?"

정말로 그러는 것이 좋을까?

확률은 50퍼센트. 성공하면 가짜를 없앨 수 있지만 실패하면 자신이 사라진다는 리스크가 너무나도 크다.

……아무런 정보도 없는 진위 터치는 완벽한 운 게임이야.
……운에 거는 건 마지막 수단으로 놔두고 싶어.
그럼 상태를 지켜봐야 하나?
그것을 허용하지 않는 것이 이 유희가 레이스라는 점이다.
진짜 네 사람이 진위 터치를 망설이면 가짜 네 사람이 그 틈에 골을 노릴 것이다.
추가로 한 가지 더.
게임『미궁 미신 게임 —**그리고 모두가 사라졌다**—』.
이름이 상당히 수상하다. 공략 힌트일 가능성도 있지만, 동시에 뭐라 말할 수 없는 불길함이 떠오르는 이름이다.
꾸물대다간 전멸한다. 그런 암시로도 보인다.
"……리스크를 지고서 진위 터치에 나서지 않으면 이길 수 없는 게임인가."
그때.
입구에서 생각에 잠긴 페이의 앞쪽에서 발소리가 들렸다.
"후후후, 고민하고 있구나."
나타난 것은 가슴에 A 배지를 찬 페이A였다.
진짜 페이는 B 배지를 찬 자신이니 눈 앞의 페이A는 당연히 가짜다. 설마 가짜가 일부러 인사하러 올 줄이야.
"……포세이돈 짱, 맞지?"
"그래."
페이의 얼굴을 한 신이 씩 웃었다. 거울로 매일 보는 얼굴이지만 자신은 절대로 저렇게 웃지 않는다. 그 모습이 정말이지 기묘했다.

“그대, 팀원 넷 중에 남자가 하나라니. 좋겠구나!”

“……응?”

자기 모습으로 변한 신의 말에 페이는 순간 말문을 잃었다.

말하지 않는다.

자신은 절대로 그런 말을 하지 않는다.

“……설마, 그런 말을 하려고 온 거야?”

“후후, 얼버무려도 소용없느니라. 어느 여자를 좋아하느냐?”

“…….”

“헉?! 설마 좋아하는 건 이 몸인가?! 첫눈에 반했구나, 인간!”

“내 모습으로 기분 나쁜 말 말라고!”

온몸을 배배 꼬는 페이A(가짜)를 보고 자신도 모르게 항의했다.

몰랐다. 자신의 모습으로 자신은 절대로 하지 않을 추태를 보인다면 사람은 이렇게나 부끄러워지는 법이구나.

“후후후, 하지만 본인에겐 미노짱이 있으니까 말이다. 미노짱의 가슴 베개는 최고다. 게다가 그렇게 보여도 외로움을 많이 타서, 본인이 없으면…….”

“사랑 얘기나 하려고?!”

“꺄하하하! 그럼 잘 있거라!”

페이A가 미궁 안쪽으로 달려갔다.

그것을 지켜본 페이는 두통 때문에 이마에 손을 얹었다.

"설마 저 녀석, 모두에게 같은 짓을 하려는 건 아니겠지……."

바다의 미로 아틀란티스, 시작 지점 C.

새파랗게 비치는 벽을 가만히 들여다보고서.

"알겠어요!"

펄은 주먹을 쥐었다.

"명안이에요. 이 벽은 바닷물을 젤리처럼 굳힌 것. 하지만 만지면 첨벙거리니 벽의 강도는 무척 약해요. 다시 말해 강제로 벽을 부수면 골인 지점까지 일직선으로 갈 수 있어요!"

"흐음? 그럼 골 방향을 아는 거냐?"

"모르겠어요! ……어라?"

귀여운 목소리가 정면 통로에서 들렸다.

펄이 바라보니 삼지창을 든 푸른 머리 신이 나타났다.

"아?! 당신은 돈짱!"

"아니!"

"어?"

펄이 되묻기 전에 신의 모습이 아지랑이처럼 흔들렸다.

그리고 변신.

금발 벽안, 누긋한 얼굴을 한 소녀가 펄의 앞에 나타났다.

"제가 펄이에요오. 진짜예요오."

"앗?!"

충격을 받아 자신도 모르게 소리치고 말았다.

짜증 난다. 이 느슨한 목소리. 귀여움을 유발하는 올려다보는 눈…… 전부 자신의 특징이라는 것은 이해하지만, 그 특징을 몇 배나 짜증나게 과장했다.

아까는 그렇게나 진짜와 똑같이 연기했는데 둘만 있을 때는 허점투성이다.

조롱하는 것이다.

"펄이에요에요오. 어때요오?"

"……이, 이게……."

분노로 어깨가 떨렸다.

그런 진짜를 본 가짜 펄이 씩 웃으며 손가락으로 가리켰다.

"아, 여기에 가짜가 있어요오. 가슴만 크고 멍청한 가짜예요오."

빠직.

진짜 펄의 뇌리에서 무언가가 끊겼다.

"누가 가짜라는 건가요오오오오오오! 사라져요, 진위 터치!"

"아이구, 아쉬워라. 진위 터치는 자신과 자신의 분신한

테는 쓸 수 없어요오! 그런 것도 잊었나요, 진짜 아가씨?"

"짜즈으으으응나아아아아아아!"

"하하하! 그럼 미궁 안에서 만나자!"

얼굴이 새빨개진 진짜 펄을 뒤로하고, 펄의 모습을 한 신은 경쾌한 발걸음으로 떠나갔다.

바다의 미로 아틀란티스, 시작 지점 F.

새파란 벽과 마주한 넬(진짜)은 가만히 팔짱을 끼고 있었다.

"미로를 빠져나가는 레이스…… 운동 능력이 높은 내가 골을 노리는 게 타당하겠지만 그러다 페이 공 일행과 만나지 않고 골인하게 되면 결국 그 후의 진위 판정을 운에 맡겨야 한다는 게 고민이군……."

적어도 세 사람은 만나고 싶다.

예를 들어 페이A, 펄A, 레셰A와 만나 진위를 알게 되면 그 반대로 B의 진위도 알 수 있기 때문이다.

"진위 인정 방법은 진위 터치 이외엔 아직 떠오르지 않는다. 그 운에 맡기는 것도 좋겠지만…… 어쩌면 다른 판별 방법이…… 음?"

넬의 날카로운 청각이 다가오는 발소리를 포착했다.

"누구냐?!"

"음, 너는 내 가짜인가!"

모퉁이에서 나타난 것은 넬의 가짜였다. 가짜가 이쪽의 얼굴을 보자마자 가짜냐며 손가락질했다.

"가짜…… 아니, 돈짱 공인가!"

"그러하다! 그러나 본인의 변장은 진위 체크 이외에는 간파할 수 없느니라!"

넬의 모습을 한 신이 자신만만하게 가슴을 폈다.

"누가 뭐래도 본인은 네 모든 것을 알고 있다. 네놈은 자신의 얄팍한 가슴에 불만을 품고 있지?!"

"……크윽?!"

지적당한 넬은 다급히 가슴을 가리듯 몸을 앞으로 숙였다.

"그, 그렇지는……."

"하지만 애석하게 생각할 필요 없다. 네놈의 엉덩이는 제법이니 말이야. 자, 이것 보거라."

가짜 넬이 진짜에게 보여주려는 듯이 엉덩이를 크게 내밀었다.

"이 봉긋함과 탄력! 네놈은 이 풍만한 엉덩이를 활용해서……."

"내 모습으로 그런 짓 하지 마아아아아아!"

"하~하하! 미궁 안에서 또 만나지!"

가짜 넬은 크게 웃으며 얼굴이 새빨개진 진짜 넬로부터 도망쳤다.

바다의 미로 아틀란티스, 시작 지점 H.

레셰는 안쪽으로 이어지는 길을 성큼성큼 앞으로 나아갔다.

둘로 갈린 길에는 반드시 『나아가는 길』과 『돌아가는 길』이라는 산호로 만든 표식이 세워져 있었고, 이것이 골인 지점까지의 단서가 됐다.

“흐음? 가짜보다 빨리 골인하고 싶으면 『나아가는 길』만 선택하면 돼. 하지만 너무 빨리 클리어해서 누구와도 만나지 못하면 골인 후의 진위 판정에서 고생. 그게 싫다면 『돌아가는 길』로 나아가 자신 이외의 플레이어와 합류하라는 거구나.”

우선 『나아가는 길』. 이 미로의 전모를 아는 것이 먼저다. 그리고 전원이 합류할만한 대기 장소를 찾으면 좋겠는데…….

그런 레셰의 앞에서 가벼운 발소리가.

“어머? 너는?”

“내 가짜구나?”

주홍색 머리카락 소녀 둘이 딱 마주쳤다.

물론 가짜의 의도적인 조우일 것이다. 진짜 쪽도 그것을 금방 이해했다.

“……너는……으응?”

레셰의 모습을 한 신이 레셰를 빤히 바라보았다.
"……인간이 아니구나. 혹시 신이었던 건가? 어째서 인간의 모습으로?"
"더 놀고 싶었으니까."
"신이었어도 놀 수 있잖느냐."
"신일 때보다 더 많이 놀고 싶었어."
두 소녀가 손을 뻗었다. 완벽하게 동시에. 마치 싱크로 하듯.
그 손끝이 서로의 가슴에 닿고…… 그 순간, 한쪽 레셰가 아지랑이처럼 흔들리며 사라졌다.
남은 것은 진짜 레셰 혼자뿐.
"이게 진위 터치? 아, 하지만 자신의 분신에겐 쓸 수 없으니 포세이돈이 사라진 것뿐이구나."
고개를 끄덕이며 팔짱을 꼈다.
"……뭔가 좀 걸리네, 이 진위 터치. 진짜 쪽이 유리한 룰인 건 분명한데 사용할 타이밍이 어려워."
그러나 그런 행동도 잠시, 진짜 레셰는 빠르게 걷기 시작했다.
포세이돈은 이미 움직이고 있다.
방금 그것이 인사 대신이라면.
"시작하는 건 아마 **세 사람이 모였을 때여야겠지?**"

Chapter

Intermission 하여간 난 인기가 많다니까

God's Game We Play

고대도시 엔쥬.

그 발굴 현장에 인기척은 없었다.

평소에는 몇백 명이나 되는 작업원으로 가득했을 터. 재의 지층을 제거하고 단단한 땅을 발굴하는 끝없는 작업이 이어질 테지만.

"정말, 정신체가 되는 게 처음이니 되는 방법을 알려달라고? 전능한 신 주제에 그런 것도 몰라?"

오직 혼자.

우로보로스만이 거대한 흙더미를 의자 삼아 앉아 있었다. 인식 장해 결계로 인간을 쫓아낸 뒤였다.

"뭐, 됐어. 하여간 난 인기가 많다니까."

한쪽 무릎을 세우고 그 무릎 위에 팔을 올려 턱을 괴었다.

우로보로스는 오랜 친구에게 말하는 듯한 말투로 씩 웃었다.

"너도 인간이가 마음에 들었어?"

Chapter

Player.6 VS 돈짱 —그리고 모두가 사라졌다 ②—

God's Game We Play

바다의 미로 아틀란티스.

시작 지점 G를 뒤로한 페이(진짜)는 천천히 눈을 떴다.

가슴에는 B 배지.

"좋아, 가볼까. ……우선 어떻게 해야 내가 진짜라고 인정받을 수 있으려나?"

걸었다.

드넓은 바다를 갈라 만든 신의 미로를.

"처음 만나는 게 누구인지에 달렸겠지."

※여기서부터는 페이(진짜)B의 시점으로 즐겨주세요.

……첨벙.

약간의 바닷물이 남은 바닥은 걸을 때마다 물이 살짝 튀었다.

명계신 아누비스의 미궁이 모험형 던전이라면 이쪽은 사람을 헤매게 만드는 미로다.

우선 길이 다르다.

미궁 루셰이메어의 통로는 파티가 옆으로 늘어서서 걸을 수 있을 정도로 넓었지만, 이 미궁의 통로는 폭이 좁았다. 페이 혼자 간신히 걸을 수 있을 정도로 좁은 길이었다.

게다가 모퉁이도 많았다.

"……함부로 모퉁이로 들어가면 순식간에 현재 위치를 잊을 것 같네."

그 자리에 앉아 돌멩이를 주웠다.

바다의 바닥이니 발밑에는 작은 돌과 조개가 잔뜩 있었다. 페이가 주운 것은 별 모양에 가까운 특이한 모양의 돌이었다.

그것을 모퉁이에 놓았다.

이정표, 자신이 선택한 길을 나중에 이곳을 통과한 플레이어도 알 수 있도록.

"어디서 다른 플레이어와 만나게 될까? 진짜라면 기쁘지만, 상대가 진짜인지 알아내기 어려워서…… 응? 발소리?"

다다다, 하는 범상치 않은 기척의 접근에 페이는 반사적으로 경계했다.

누구지? 아니, 뭐지?

기척이 너무 크다. 레셰, 펄, 넬 중 누군가가 달려도 이렇게 큰 발소리가 나지 않을 것이다.

"……! 설마 미로 안 몬스터인가?!"

살짝 각오를 했다. 신의 미로가 평범한 미로일 리가 없다.

앞길을 막는 함정인가, 아니면 몬스터인가.

"어흥!"

"미노타우로스?!"

"난 미로를 떠도는 몬스터 역할이다~. 붙잡은 인간에게 장난칠 거다~."

미노타우로스가 달려왔다.

그러는가 싶더니 미노타우로스는 소의 돌진과 같은 기세로 페이에겐 눈길도 주지 않고 옆길을 달려 지나치는 것이 아닌가.

"……응? 난 무시?"

어째서일까.

지나친 미노타우로스를 쫓는 페이의 귀에 가녀린 비명이 들렸다.

"싫어어어어?!"

"펄?!"

들어본 적 있는 비명.

그리고 지나쳤던 미노타우로스의 목소리.

"드디어 찾았어! 생이별한 언니! 언니 맞지?!"

"저는 인간인데요?! ……앗, 무무무, 무슨……!"

떠들썩한 비명과 함성.

페이가 조심스럽게 모퉁이 너머를 엳보니 A 배지를 단 펄을 뒤에서 안고서 그 가슴을 거머쥔 미노타우로스가 보였다.

“이렇게나 훌륭한 가슴! 인간일 리가 없잖아!”

“인간이에요! ……앗, 페이B 씨! B 씨는 진짜인지 가짜인지…… 아, 아니, 지금 그건 아무래도 좋아요. 도와주세요! 신이라는 치한 때문에 큰일이라고요!”

“…….”

“어째서 그냥 지나치시는 건가요?! 절 도와주셔야죠?!”

“만족했어!”

미노타우로스가 이마의 땀을 닦았다.

마음껏 펄을 탐닉해 만족했는지 눈을 반짝이며.

“그럼 난 골 지점에서 기다릴게!”

소의 돌진과 같은 속도로, 바닷물로 만든 벽에 구멍을 내며 일직선으로 미로 안쪽으로 질주해 떠나갔다.

“역시 신…… 호쾌하네…….”

“저를 걱정하는 게 먼저 아닌가요?!”

엉망이 된 펄이 일어났다.

그러나 무언가를 떠올렸는지 눈을 번뜩였다.

“페이B 씨는 가짜군요! 진짜 페이 씨가 위험에 처한 절 보고 지나칠 리가 없어요!”

"아니, 진짜인데."

"……정말인가요오?"

의심의 눈초리로 이쪽을 바라보는 펄A.

페이의 시점으로는 물론 자신이 진짜이지만 펄A의 진위는 알 수 없었다. 다시 말해 서로가 의심하는 상황이다.

"펄, 일단 이야기를 들어줘."

"뭔가요?"

"의심하는 마음은 알겠는데, 일단 둘이서 행동하자. 그리고 서로「진짜 측에 유리한 작전」을 제안하자. 가짜 입장에선 진짜 측에 유리한 작전을 제안할수록 불리해지니까. **그러니 반드시 거짓말을 섞어 가짜가 유리해지도록 유도할 거야.**"

"그렇군요!"

"그 거짓말을 지적할 수 있다면 진짜인지 가짜인지 알 수 있잖아?"

"……."

펄A가 말없이 응시했다.

"무슨 일 있어?"

"……아니요. 진짜 페이 씨 같긴 하지만 오히려 이런 설득력 있는 설명을 한 페이B 씨가 가짜일 수도……."

그 답에 페이는 말없이 끄덕였다.

가능하다. 이것이 신의 게임라면 진짜를 착각하게 만들

장치가 반드시 존재할 것이다.

"하지만 지금은 답을 낼 수 없어 일단 걸어볼까?"

"그건 이론 없어요!"

"그래. 그럼 걸으면서 승리 조건이나 확인하자."

미로를 걸었다.

그 방향은 방금 미노타우로스가 일직선으로 달려간 방향이다.

"저, 승리의 전제는…… 진짜가 가짜보다 먼저 골인하는 거죠?"

"그럴 거야. 진짜 넷 중에 누군가가 1등으로 골인할 것. 하지만 너무 서둘러도 안 되는 게 문제지. 골을 향하면서 팀원을 되도록 많이 만나는 게 이상적이야. 골인 후의 진위 판정이 있는 한에는."

문제는 그 진위를 알아내는 방법이다.

"……진위 판정은 진위 터치를 할 수밖에 없죠? 미노짱도 말했지만 진짜 측이 유리한 스킬이니까요. 이걸 잘 사용하는 게 중요하겠네요……."

펄A가 힐끔 곁눈질로 바라보았다.

페이에게 진위 터치를 사용해 확인해야 할까, 그런 눈초리다.

"기다려, 펄. 우리만 진위 터치하는 건 위험해. 한 명 더 만날 때까지 기다리자."

"네?"

"증인이 없으니까."

해보고 싶어 하는 소녀를 페이는 손을 뻗어 제지했다.

"진위 터치를 해도 내 정체가 어느 쪽인지를 증언해 줄 제삼자가 있는 편이 좋아. 우리 중 한쪽이 가짜라면 정반대의 결과를 주장할 수도 있으니까."

"……그, 그렇군요!"

"한 가지 더. 진위 터치는 두 가지 선택이 있어. 이건 내 의견인데, 「너는 가짜다」보다 「너는 진짜다」로 터치하는 편이 좋을 것 같아."

(펄A가 진짜일 경우)

① 페이(진짜)B에게 「너는 가짜다」=실패이므로 펄이 사라짐.

② 페이(가짜)B에게 「너는 가짜다」=정답이므로 페이가 사라짐.

③ 페이(진짜)B에게 「너는 진짜다」=정답이므로 양쪽 다 남음.

④ 페이(가짜)B에게 「너는 진짜다」=실패이므로 펄이 사라짐.

"애초에 진짜 네 사람이 사라지면 골인할 수 없게 돼. 그러니 진짜 한 사람이 사라지는 ①, ④보다 ③의 진짜 둘이 남는 「너는 진짜다」로 터치하는 편이 좋지 않을까?"

"……흐음. 그렇군요."

펄A가 고개를 끄덕이고는.

"정말로 설득력 있고. 마치 진짜 같은 입장으로 생각하시는데요……."

"진짜 맞다니까."

또각.

맑은 발소리가 두 사람의 뒤에서 울렸다.

"기다려! 나도 끼워줘!"

주홍색 머리카락을 나부끼며 통로 모퉁이에서 레셰가 나타났다.

그 가슴에는 B 배지가 달려 있었다.

"이야기는 들었어!"

"레셰 씨?! 아, 아니…… 레셰B 씨라고 부를게요. 거기 멈춰주세요!"

펄이 다급히 두 손을 내밀었다.

그 이상 다가오지 말라는 행동. 가짜를 경계한 것이리라.

"페이 씨, 이 레셰B 씨는 진짜인 것 같나요?"

"……진짜처럼 보이기는 하는데."

생김새도 목소리도 레셰와 똑같다.

페이는 무엇 하나 수상한 점을 찾아볼 수 없었지만, 레셰B가 가짜여도 이상하지 않다. 그만큼 포세이돈의 변신은 완벽했다.

“알고 있어. 내 진위를 모르겠다는 거지?”

레셰B가 그 자리에서 정지.

“한 가지 알아낸 것이 있어. 두 사람…… 페이B와 펄A라고 부를게. 두 사람 중에 적어도 한 사람은 진짜야.”

“……어? 어, 어째서요?!”

펄이 어리둥절한 표정이 됐다.

“레셰 씨가 볼 때 저와 페이 씨 모두 가짜일 가능성도 있잖아요.”

“그럴 가능성이 낮으니 이렇게 나타난 거야. 알겠어? 아까 나는 통로 뒤에 숨어 엿듣고 있었어. 너희 대화를.”

통로 뒤를 가리키는 레셰B.

“두 사람이 진위 터치 룰을 확인하기 시작했잖아? 하지만 가짜끼리라면 그런 대화가 오가지 않을 거야. 가짜는 포세이돈이 변한 거니까 상대의 진위를 알고 있으니 방금 같은 대화는 하지 않을 테니까.”

적어도 한 사람은 룰을 확인하려는 진짜다.

페이와 펄 중 누군가가 진짜라고 추측했기에 레셰B가 모습을 드러냈다.

“진짜가 있다는 걸 알았으니, 지금이 기회야. 내가 진위 터치를 했을 때 그 결과를 진짜가 정확하게 증언해 줄 수 있잖아?”

“……저, 저기, 그거라면…….”

펄이 조심스럽게 손을 들었다.

"진위 터치는 제가 두 사람 중 한쪽에 터치해야 할 것 같아요. 안 될까요? 레셰 씨."

"그 이유는?"

"진짜 페이 씨나 진짜 레셰 씨를 특정할 수 있으면 든든할 것 같아서요. 실패해도 제가 사라질 뿐이니…… 저…… 게임의 전력 손실이 적잖아요. 리스크를 지는 건 제가 좋겠다 싶어서요."

"……."

그 말에 페이는 레셰B와 말없이 얼굴을 마주 보았다.

펄 나름대로 진위 터치를 고찰한 제안일 것이다. 진짜 페이나 레셰를 특정할 수 있다면 그만큼 인간 측은 강력해지니까.

……근데 정말로 펄인가?

……전력으로 말한다면 진위 터치의 리스크를 지는 건 나여도 상관없어.

페이가 볼 때.

사실 이 게임에서 가장 도움이 되지 않는 것이 자신이다.

넬과 레셰는 빨리 달릴 수 있다. 진짜가 특정된다면 가짜보다 먼저 골에 도달한다는 점에서 유리해질 것이다.

펄은 시프트 체인지가 있다.

가짜가 골인 직전이라 해도 가짜와 진짜를 바꾸는 역전

이 가능할 것이다.

……펄도, 넬도, 레셰도 그래.

……이 게임에서 도움이 되는 힘을 가졌어. 그래서 나라는 코인이 제일 싸게 먹혀.

하지만 아직이다.

진위 터치라는 도박을 지금 당장 해봐야 할까?

"마음만 받을게, 펄. 내가 볼 때 진위 터치는 아직 보류하는 게 좋을 것 같아."

"아, 아직도요?!"

"미로 어딘가에 진위 터치를 하지 않더라도 진위를 판별할 수 있는 아이템이 있을지도 모르잖아?"

미로 자체에도 반드시 어떤 장치가 있을 것이다.

진위 터치로 리스크를 지는 건 그 후여도 괜찮다. 그 이유는 **아마도 진위 터치라는 시스템 자체에 함정이 존재할 테니까.**

"난 지금이든 나중이든 상관없어."

레셰B가 미로의 좌우를 둘러보았다.

"하지만 미로 공략은 서두르고 싶어. 가짜(신)는 미로의 구조를 알고 있잖아? 이대로는 룰을 잘 이해한 가짜가 앞지를 테니까."

"나도 그건 동감이야."

"한 가지 더 신경 쓰이는 건 게임 이름이야. 『그리고 모두가 사라졌다』……불온한 암시의 게임명, 그렇게 질 수도 있다고 경고하는 거 아닐까? 리스크를 지지 않고 이기려 해도 신은 그렇게 쉽지 않잖아?"

"네! 저도 동의해요! 특히 후반 부분!"

펄A가 힘차게 손을 들었다.

"늦든 빠르든 진위 터치는 필요하니…… 게임 전개를 서두르기 위해서도 한 번 시도해보는 건 나쁘지 않아요! 그리고 페이 씨…… 아니, 페이B 씨! 진위 터치를 보류하는 것으로 게임 전개를 늦추려 했어요! 당신, 가짜 아닌가요?!"

"……어? 자, 잠깐만!"

펄에게 한 말이 아니다.

호기심에 눈이 반짝이는 레셰가 뒤에서 붙들었기 때문이다.

"해봐, 펄! 게임이니까 도전해 봐야지!"

"기다려보라니까?!"

붙들린 채로 필사적으로 고개를 저었다.

이런…… 자신은 진짜다.

그리고 이 흐름이라면 펄은 자신을 가짜로 의심하고 있다. 다시 말해「너는 가짜다」라고 선언하려 한다.

"잘 봐, 펄! 나는 진짜야! 가짜 판정으로 터치하면 사라지는 건 너라고!"

"당황하는 걸 보니 더 수상해요!"

눈을 반짝이며 다가오는 금발 소녀.

"하아…… 하아…… 페이 씨를 마음껏 만질 수 있다니…… 아, 아니요, 이건 정당한 진위 터치예요. 그러니 터치! 당신은 가짜입니다!"

펄A의 돌격.

"으아아아앗, 멈춰!"

필사적으로 움직였다.

그러다 페이가 몸을 젖히는 바람에 펄의 손이 허공을 가르고…… 페이를 붙들던 레셰의 어깨를 터치했다.

"아……."

"아……."

"아……."

어리둥절한 펄A.

그 눈앞에서 레셰B가 안개와 함께 소멸했다.

【진위 터치 성공】

【**레셰B는 『가짜』이므로** 게임에서 제외】

"어라라아아아아아?!"

펄이 놀라워하며 엉덩방아를 찧었다.

멍하니 올려다보니 레셰가 사라진 곳에 삼지창을 든 파란 머리 신이 나타났다.

"흥! 운이 좋았구나, 인간!"

펄을 내려다보며 포세이돈이 코웃음 쳤다.

"본인의 분신은 이제 셋. 그럼 열심히 하거라!"

그리고 소멸.

그곳에 남은 것은 페이, 그리고 펄A 두 사람뿐.

"……레셰가 가짜였어? 역시 대화로는 판별할 수 없네."

페이도 마지막까지 몰랐다.

펄이 힘차게 달려들지 않았더라면 판별하긴 무척이나 어려웠을 것이다.

"훗. 후후후, 역시 가짜였군요! 제 눈이 틀리지 않았어요!"

"아까 날 없애려고 했었지?!"

"전부 계산대로예요! ……후우."

정말이지 해냈다는 미소를 떠올린 펄이 이마의 땀을 닦았다.

"그리고 동시에 페이 씨의 신빙성이 높아졌어요. 페이B 씨는 진짜예요!"

"나를 가짜라며 터치하려던 걸 말렸기 때문이지?"

"네! 만약 페이B 씨가 가짜라면 일부러 제게 터치당하면 됐어요. 그랬다면 제가 실패해서 사라졌을 테니까요. ……그걸 막아주신 걸 보면, 제가 볼 때 페이B 씨는 상당히 신뢰할 수 있어요!"

그 반면.

페이가 봐도 펄A의 신빙성이 상당히 높아졌다.

……진위 터치는 하이 리스크 하이 리턴이야. 실패하면 자신이 사라져.

……하지만 펄은 그걸 내게 떠넘기지 않고 스스로 떠안았어.

만약 펄A가 가짜라면 『페이 씨, 맡길게요!』 하고 말하면 됐다. 레셰B를 진짜라고 터치했다면 사라진 건 페이였을 것이다.

즉, 이런 뜻이다.

진짜—페이B(확정), 레셰A(확정), 펄A(추측), 넬?

가짜—페이A(확정), 레셰B(확정), 펄B(추측), 넬?

여덟 플레이어 중 네 사람이 확정. 두 사람을 추측할 수 있게 됐다.

남은 건 넬A와 넬B 중 하나를 진위 터치하면 여덟 명 전원을 판별할 수 있다.

"너무 순조로운데. 무서울 정도로."

"흐흠. 저는 전부 알고 있었어요! ……아, 어라?"

가짜 레셰가 사라진 위치.

공중이 빛나더니 거기서 무지갯빛 오브가 튀어나와 그대로 펄의 손 위로 날아갔다.

【진위 터치 보수『교체 오브』】

【오브를 파괴해 임의의 한 사람을 지명하면, 미로 안 두 사람의 위치를 바꿀 수 있다.】

"뭔가를 손에 넣었는데요?!"

"흠, 굉장한데. 펄의 시프트 체인지의 무제한 판인가. 골에 제일 가까운 플레이어와 바꿀 수 있으면 그것만으로 유리해. **그리고…….**"

펄이 든 오브를 보며 잠시 생각에 잠긴다.

"……."

"페이 씨? 왜 그러세요?"

"……아니. 결과적으로 가짜 레셰가 한 말은 정확했네."

진위 터치에는 리스크에 어울리는 리턴이 마련되어 있었다. 리스크를 각오하고 게임 전개를 서둘러야 한다는 가짜 레셰의 말이 옳았다.

"……가짜가 거짓말만 한다고는 할 수 없는 건가."

"네?"

"가짜 레셰가 한 말은 진짜였어. 가짜가 진짜답게 행동하기 위해 우리에게 유리한 정보를 준 거지. 성가시네."

신은 교묘하게 진위를 섞을 것이다.

이 게임의 본질이 이제야 보이기 시작했다.

……플레이어의 진위를 파악하는 게임이 아니야. **대화의**

진위를 파악하는 게임이야.

……레이스조차 아니야. 이건 신과 속고 속이는 게임이야.

펄A와 미로를 나아갔다.

둘로 갈라진 길에는 나아가는 길과 돌아가는 길 표식이 있었다. 어느 쪽을 선택할까. 페이와 펄이 어느 방향을 가리키고.

황당하다는 목소리가 그 『돌아가는 길』 쪽에서 울렸다.

“다, 당신은!”

“제 가짜?!”

펄이 두 사람.

그렇다, 페이와 함께 있던 펄A와는 다른 펄B가 달려왔다.

“한발 늦었네요, 가짜…… 아니, 돈짱!”

펄A가 또 다른 자신을 가리키며 말을 이었다.

“제가 가짜 레셰 씨를 없앴어요. 진짜 페이B 씨의 눈앞에서!”

“뭐라고요?! 아하, 그럼 둘 다 가짜군요!”

펄B가 경계했다.

“……2 대 1로 절 가짜 취급하는 다수결 함정! 듣고 보니 제 가짜는 물론 이 페이 씨도 진짜보다 인상이 나쁜 것 같아요!”

“무슨 말이에요! 이 페이 씨는 진짜예요!”

“가짜가 그렇게 말하는 시점에 가짜 확정이잖아요오오

오! 두, 두고 봐요. 제가 진짜 페이 씨를 찾아서 역습할 테니까요!"

그런 말을 남기고 떠나갔다.

참고로 도주한 곳은『돌아가는 길』이다.

"아! 가짜가 도망쳤어요! 쫓을까요?! 페이 씨."

"……아니, 진행하자. 계속 쫓아가다간 시작 지점까지 돌아갈 테니까."

지금 펄B는 가짜로 추측된다.

가짜를 미로 시작 지점으로 돌려보내는 것으로 진짜 측이 조금 더 유리해졌다고 할 수 있을 것이다.

그리고『나아가는 길』을 선택한 곳에서.

"어? 이건 뭘까요? 페이 씨."

"이것도 미로의 장치인가. 이 조개껍데기, 딱 사람 수대로 있네."

반투명 유리 조개껍데기.

거대한 산호에 놓인 일곱 개의 조개껍데기에 일곱 플레이어의 모습이 비쳤다.

게임 영상이 스크린에 나오도록 각 조개껍데기가 각 플레이어의 상황을 보여주고 있는 것이리라.

신경 쓰이는 것은 조개껍데기의 순서다.

① 넬A(?)

② 페이A(가짜)

③ 펄A(진짜?), 페이B(진짜)

④ 레셰A(진짜), 넬B(?)

⑤ 펄B(아까 도망쳤음. 가짜?)

진위 터치로 사라진 레셰B(가짜)의 조개껍데기는 없다.

"이 일곱 조개껍데기의 순서…… 나와 펄의 조개껍데기가 나란히 있는 걸 보면 혹시 미로의 진행도인가?"

이것을 믿는다면 자신들의 현재 순위는 정확하게 중앙.

골에 가장 가까운 것은 넬A가 된다.

"이거 보세요, 페이 씨! 진짜 레셰 씨가 저희 뒤에 있으니 여기서 뒤로 가면 합류할 수 있어요. 그럼 든든하잖아요!"

"그래. 하지만……."

일곱 조개껍데기를 무시하고 페이는 그 자리에 몸을 숙였다. 굴러다니는 수많은 돌 중에서 끝이 뾰족한 것을 줍고서 모래 위에 그림을 그리기 시작했다.

"조개껍데기의 나열은 순서만 표시하고 있어. 얼마나 거리가 벌어졌는지 모르는 게 함정이야. 예를 들어 이렇다면……."

① 넬A(?) : 골 직전

② 페이A(가짜) : 골까지 아직 멀었음

③ 펄A(진짜?), 페이B(진짜) : 골까지 아직 멀었음

④ 레셰A(진짜), 넬B(?) : 골까지 아직 멀었음

⑤ 펄B(아까 도망쳤음. 가짜?) : 시작 지점

"넬 A가 가짜라면 곤란해. 두 번째 페이A는 가짜 확정. 골까지 제일 가까운 사람과 두 번째로 가까운 사람이 모두 가짜라면……."

"먼저 골인하면 안 되잖아요?!"

미노타우로스가 넌지시 말했다.

초기 시작 지점마다 골까지의 거리가 다르다고. 처음부터 골 지점에 제일 가까웠던 것이 넬A였을 것이다.

"제가 보기엔…… 넬 씨의 성격상 가짜에게 뒤처지기 싫은 마음에 골까지 가장 빠른 길을 달리고 있을 가능성이 있어요!"

"넬A가 가짜라도 같은 말을 할 수 있어. 분신은 우리의 성격을 완벽히 복제했으니까. 넬의 성격을 복제한 가짜가 가장 빠른 길로 골 지점으로 갈 가능성은……."

"엄청 있어요! 바로 대책을 세워야 해요!"

펄A가 두 손을 내밀었다.

그 손바닥에 무지갯빛으로 빛나는 교체 오브를 들고서.

"페이 씨! 이 오브로 넬A 씨와 바꾸면 되잖아요. 페이 씨가 선두로 가주세요!"

"내가……?"

교체 오브를 손에 넣은 것은 펄이다. 진위 터치의 리스크와 바꾸어 손에 넣은 희소 아이템이니 펄이 선두의 넬A와 바꾸는 것이 당연할 것이다.

무엇보다.

펄A의 시점에서 페이B는 아직 진짜로 확정된 것이 아니다.

"……믿어줘서 고마운데, 정말 나여도 괜찮겠어? 나는 신이 변한 가짜일지도 모르잖아."

"저는 페이B 씨가 진짜라고 믿어요. 어쨌든 넬A 씨가 가짜라면 이대로 골을 빼앗길 테니까요!"

또한 여기서 펄이 페이에게 진위 터치를 할 수 없다.

진위 터치는 그 결과를 증언할 제삼자가 필요하니까.

……내가 볼 땐 오브를 내게 넘겨준 시점에서 펄A는 거의 진짜야.

……이 펄A가 가짜라면 자신을 넬A와 교체해서 골인 지점으로 갈 테니까.

그럼 자신은?

B 배지의 페이가 진짜라는 것을 믿게 하려면 어떤 방법이 있지?

"펄, 나를 터치해."

"네?"

"진위 터치가 아니야. 대상을 건드리는 게 능력 발동의 조건이잖아?"

"아…… 그렇군요!"

둘이서 힘차게 터치.

지금부터 3분 이내, 펄은 페이와 위치를 바꿀 수 있다.

“내가 선두로 갈게. 하지만 내가 가짜라고 생각하면 언제든지 나와 펄을 바꿔도 돼. 그걸로 펄이 선두다.”

① 오브 발동 후—선두 페이B(자신), 2등 페이A, 3등 펄A&넬A(?).

② 시프트 체인지 후—선두 펄A(진짜?), 2등 페이A, 3등 페이B&넬A(?).

이것으로 펄이 선두에 설 수 있다.

“저…… 페이 씨!”

펄이 일곱 조개껍데기를 가만히 바라보며.

“페이 씨가 교체 오브를 사용하면 제 앞에 넬A 씨가 오잖아요? 넬 씨에게 진위 터치를 사용해도 될까요? 『당신이 가짜입니다』 하고요!”

“……그 말은?”

“그, 그게 말이죠! 넬A 씨가 가짜라면 제 진위 터치를 거부하고 도망칠 거예요. 아까 제 가짜(펄B)처럼요!”

“……반대로, 도망치지 않았을 때는?”

“도망치지 않는다면 진짜일 가능성이 높으니 『**당신은 진짜입니다**』**로 바꿀게요!** ……물론 그렇게 생각하게 만든 가짜일 가능성도 있지만요.”

펄의 진위 터치의 여부.

확실히 어떤 선언으로 터치할지를 미리 정해두면 그 자리에 없는 페이라도 나중에 결과를 확인할 수 있다.

펄은『너는 진짜다』라고 선언하고 터치한다.

그 결과, 펄과 넬이 둘 다 남으면 넬은 진짜.

펄이 사라진다면 넬A는 가짜라는 것을 알게 된다.

"……제가 사라지면 넬 씨는 가짜일 테고, 저와 넬 씨 모두 남는다면 둘 다 진짜라고 생각해 주세요!"

당당히 그렇게 말하며.

펄의 목소리에는 숨길 수 없는 떨림이 있었다. 첫 번째 진위 터치는 성공했다. 하지만 행운이 두 번이나 이어질 보증은 어디에도 없다.

실패하면 자신이 사라질 것이다.

"……솔직히 말해서 나는 그 방법을 찬성할 수 없어."

펄의 마음은 이해한다. 이 진위 터치에 성공하면 넬A의 진위를 알 수 있고, 넬B의 진위도 판명된다.

실질적으로 승리한 것이나 다름없다.

그만한 극대 리턴이 있다면 진짜가 사라질 리스크도 걸어볼 만하다.

"다만, 펄의 발상도 틀리진 않았어. 그러니 나는 찬성할 수 없지만 넬A의 반응으로 진짜라고 확신이 들었을 때만 실행해줘."

"네!"

"성급하게 행동하지 말고!"

손에 든 오브를 땅으로 던졌다.

깨지는 소리와 함께 무지갯빛 파편이 반짝이고.

페이는 혼자 미궁의 교차로에 있었다.

"여기는…… 넬A가 있던 곳인가?"

넬A와 위치가 바뀌었다.

……골에 가장 가까운 게 내가 됐어. 이대로 달리면 1등으로 도착할 수 있겠지.

……하지만 안 돼. 아직 여덟 명 모두의 진위가 확인되지 않았으니까.

다시 말해, 뒤로 돌아가야 한다.

뒤에 있을 페이A는 가짜 확정. 그리고 세 번째에 넬A가 있고, 거기에 펄이 남아 있을 것이다.

"……그리고 펄의 진위 터치는 어떻게 됐지?"

마음을 굳히고 돌아갔다.

분기점의 돌아가는 길을 모조리 선택하며 드넓은 바다 미로를 숨이 차오르도록 달렸다.

그러나.

"제길! 누구와도 만나지 않는다고?!"

위화감이 솟는다. 전력으로 달려 돌아가도 누구와도 만

나지 않는다. 설마 남은 모두가 이 미로를 되돌아가는 것일까?

긴장감에 등을 떠밀려 십자로를 왼쪽으로 꺾으려 할 때.

“……! 그 조개껍데기?!”

거대한 산호에 놓인 유리 조개껍데기.

아까 펄과 발견했던 위치 정보의 조개껍데기가 맞는데, **여섯 개밖에 없었다.**

“설마……?!”

기도하는 심정으로 산호에 다가갔다.

투명한 조개껍데기에 투영된 플레이어의 모습을 본 페이는 말없이 입술을 깨물었다.

“…….”

펄A의 조개껍데기가 없다.

진위 터치에 실패했다고 생각할 수밖에 없다. 그러나 펄이 남긴 결과로 넬A가 가짜임이 판명.

다시 말해 페이는 전원의 진위가 거의 확실해졌다.

【추정되는 진위 여부(골에 가까운 순)】

① 페이B(자신)

② 페이A(가짜)

③ 넬A(가짜)

④ 레셰A(진짜), 넬B(진짜)

⑤ 펄B(가짜)

【탈락】 레셰B(가짜), 펄A(진짜)

여덟 명 전원의 진위가 파악된 지금, 자신은 골을 향해 뛰어야 할까?

아니다.

교체 오브가 아직 남아있을 가능성이 있다.

……내 순위는 언제든지 바뀔 수 있어.

……골 직전에 오브를 사용하면 끝이야.

아마도.

이 바다 미궁 아틀란티스는 「**나아간다**」**는 선택 자체가 함정.** 골을 향해 가는 건 교체 오브를 적어도 한 개를 모은 뒤에.

……경계해야 하는 건 ②페이A와 ③넬A의 역주야.

……그 가짜 두 사람이 역주하면 곧바로 ④레셰와 넬 진짜 두 사람이 있어.

가짜 페이A가 진짜 두 사람과 합류해 페이B(자신)가 가짜라고 생각하게 되는 것이 가장 위험하다.

"그렇다면, 나도 진짜 두 사람과 합류할까……."

몸을 돌린 페이는 지금 있는 곳에서 역주하기 시작했다.

분기에 마련된 「나아가는 길」과 「돌아가는 길」. 지금이라면 알 수 있다. 이 「나아가는 길」은 신이 플레이어를 위해 마련한 함정이라는 것을.

아무리 급하게 나아가도 교체 오브로 역전당한다.

따라서 역주.

이대로 돌아가는 길을 선택해 진짜 멤버와 합류한다.

"……."

그러나 알 수 없다.

이 위화감은 뭘까? 가슴속이 술렁인다.

감정도 뇌도 고양되고 있는데 피부의 안쪽 깊은 곳이 오싹하게 얼어붙는 듯하다.

비유하자면, 포커에서 상대에게 패를 들켰는데 자신은 들켰다는 사실을 모른 채 이겼다고 생각하는 듯한.

그런 좋지 않은 느낌.

그러나 그 작은 의문을 고민할 시간은 주어지지 않았다.

"이 목소리는……."

여럿의 목소리와 발소리.

바닷물로 만들어진 벽 너머로 물소리에 섞여 들렸다. 그 소리가 나는 쪽으로 십자로의 모퉁이로 들어간 곳에서.

"레셰 공, 믿어다오! A인 내가 진짜다!"

"속으면 안 된다, 레셰 공! B인 내가 넬이다. 잘 봐다오!"

"……음. 어떡할까."

넬A와 B 사이에 껴 곤란해하는 레셰A.

페이는 그 세 사람에게 숨을 헐떡이며 끼어들었다.

"……여기 있는 건 세 사람뿐이야?"

"페이!"

『페이 공! 마침 잘 왔다!』

레셰에 이어 두 넬의 목소리가 완벽하게 겹쳤다. 역시 한쪽이 신의 복제인 만큼 이런 말투까지 완벽하게 모방한다.

"갑자기 미안한데, 나는 내가 진짜임을 증명할 수 없어."

페이는 자신의 B 배지를 엄지로 가리켰다.

"하지만 다른 사람의 증언은 할 수 있어. 이 레셰A는 진짜다."

"어?"

A 배지를 단 레셰가 환하게 웃었다.

"고마운 증언이네. 넬이 둘이 있는데 날 증명할 수도 없어서 곤란했었거든. ……참고로 어째서야? 레셰B가 아니라 A인 내가 진짜라는 건."

"이제 없거든."

"응?"

"진위 터치로 사라졌어. 나와 펄A 둘이서 레셰B를 만났지. 거기서 펄A가 가짜라며 터치해 사라졌으니 가짜 확정. 남은 A…… 그러니까 눈앞의 레셰가 진짜가 확실해."

"어머? 이제 내 가짜는 없구나. 좀 아쉽네."

레셰A, 아니, 레셰가 아쉬운 듯이 어깨를 으쓱였다. 가짜가 사라져 기뻐하기는커녕 아쉬워하는 점이 정말 진짜 레셰다운 반응이다.

"페이의 이야기, 믿을 수 있을 것 같아. 아까 우리의 모습이 비친 신기한 조개껍데기를 찾았는데 일곱 개밖에 없었거든. 그게 진위 터치로 내 가짜가 사라졌다는 뜻이겠지."

고개를 끄덕이는 레셰.

"페이의 이야기는 그것과 앞뒤가 맞아. 거슬러 오르면 내 가짜를 없앤 펄A도 진짜일 가능성이 높은데, 펄A는 같이 행동하는 게 아니야?"

"……그래. 펄A는 사라졌어."

레셰에게 짧게 대답한 페이는 두 넬을 돌아보았다.

A 배지를 단 넬에게.

"넬. 얼마 전에 펄A가 진위 터치를 사용했을 거야. 아는 거 없어?"

"……!"

넬A가 겁에 질린 듯이 우물거렸다.

무언가를 망설이는 듯한 침묵을 두고.

"……그 말이 맞다, 페이 공. 나는 펄과 만났지. 가슴에 A 배지를 달고 있었다."

"뭐?!"

"어머, 아까는 그런 말 하지 않았잖아?"

넬B와 레셰가 의아하다는 분위기로 넬A를 응시.

넬A와 B는 누가 진짜인지 다투며 그 판정을 레셰에게 맡겼을 것이다.

그러나 넬A는 펄과 만났던 사실을 숨겼다.

"기, 기다려다오! 숨겼던 건 사실이지만…… 갑자기 펄이 내 앞에 나타났다. 뭔가 빠르게 말하며 날 터치하나 싶더니 어느새 펄이 사라져서…… 그 말을 해도 오히려 수상하게 여길 뿐이지 않은가!"

"……그렇군."

넬A의 발언은 페이의 인식과도 일치한다.

그러나 넬이 증언을 피한『뭔가 빠르게 말하고』의 부분도 페이는 펄A와 사전에 이야기를 맞춰뒀다.

"『당신은 진짜입니다』로 바꿀게요!"

펄A는『진짜입니다』라고 터치한 뒤 틀려서 사라졌다.

넬A는 그 정보를 숨겼다.

당연히 이것을 솔직하게 말하면 가짜라는 사실이 들킬 테니까.

"……내 정보는 우선 레셰A는 진짜야. 그리고 추측인데 넬B도 진짜, 넬A가 가짜일 가능성이 클 거야."

"기, 기다려다오!"

넬A가 바로 끼어들었다.

"애초에 페이B 공이 진짜라는 증거가 없다! 가짜 페이 공이 진짜인 나를 표적 삼은 것은 아닌가?!"

넬의 반론은 틀리지 않았다.

넬이 볼 때 자신(페이B)의 진위를 알 수 없는 이상, 진짜가 진실만을 이야기한다고는 할 수 없고 **가짜가 거짓말만 하는 것도 아니라는** 점이다.

……진위 터치로 확인할 수 있는 것은 진짜인지 가짜인지뿐.

……하지만 가짜가 곧 거짓말쟁이는 아니야. **가짜는 교묘히 진실을 뒤섞을 테니까.**

대화의 진위는 진짜 인물과 가짜 인물과는 별개다.

이것이 게임을 난해하게 하고 있다.

"그러게. 내가 볼 땐 페이B의 이야기는 신빙성이 높은 것 같아. 내가 진짜라고 말해준 것도 그렇지만."

팔짱 낀 레셰가 고개를 들어 허공을 바라보았다.

"페이의 이야기를 믿어볼까. 그렇게 됐으니. 자, 터치."

"……레셰 공?"

레셰가 건드린 것은 넬B의 왼쪽 어깨.

"넬A가 가짜라면 B인 네가 진짜지?"

진위 터치의 판정이 빠르게 내려졌다.

【진위 터치 **실패**】

【넬B는 **가짜**이므로 실패한 레셰A가 미로에서 추방】

"……?!"

말도 안 돼.

마음속으로 그렇게 외쳤지만 너무나도 큰 충격에 페이의 목에서 흘러나온 것은 언어가 아닌 가느다란 호흡뿐이었다.

"어머?"

흥미진진하다는 표정의 레셰.

그 모습이 빛에 감싸인 뒤 굉장한 속도로 하늘로 날아갔다. 인간 세계로 돌아간 것이 아니라 아마도 골 지점 쪽일 것이다.

"……그런."

레셰를 착각하게 만들어 퇴장하게 했다?

그 사실에 페이는 눈을 의심했다. 자신의 실수. 그것도 이렇게 큰 실수는 지금까지의 게임에서도 손에 꼽을 정도다.

믿기 어렵다.

대체 어떻게 된 걸까.

"……넬B가 가짜라고?"

바다 미로 아틀란티스에서 벌어진 이변.

아까부터 느꼈던 위화감을 페이는 이제야 확신했다.

뭔가 이상하다.

넬B는 거의 확실히 진짜였다. 펄A가 퇴장한 사실이 가장 큰 증거.

그러나 진위 터치는 넬B가 가짜라고 알려주었다.

……내가 펄A의 메시지를 잘못 이해했나?

……그 이외에 어떤 가능성이 있지?!

“레셰 공?!”

소리친 넬A.

진위 터치로 「진짜」로 판명된 넬이 강한 눈빛으로 이쪽을 바라보았다.

“역시 그렇군. 나를 가짜로 몰아 레셰 공을 혼동하게 해 잘못된 진위 터치를 하게 만드는 함정. 그러니 가짜로군! 자, 진위 터치를…….”

“잠깐, 넬!”

손을 뻗으려는 넬. 그 손에서 페이는 뒤의 벽 부근까지 물러났다.

자신을 「가짜」라고 터치하면 넬이 사라진다.

……어쩌지. 뭔가 이상해.

……그리고 「**이상하다**」는 사실을 나 이외의 모두가 인식하지 않아!

그때.

두 사람의 발소리가 가까워졌다.

“넬 씨!”

"늦지 않았군!"

연달아 들린 목소리와 목소리. 그것이 누구인지를 깨달은 페이는 내심 혀를 찼다. 그렇군. 이 타이밍에서 상황을 더 어지럽힐 생각인가.

"오래 기다리셨죠?!"

숨을 헐떡이며 달려오는 펄B.

그 옆에는 페이가 볼 때 가짜가 확실한 페이A의 모습까지 있었다.

"넬 씨, 두 사람 중 누가 진짜인지 모르겠지만 이 페이B 씨는 가짜고 저와 함께 온 페이A 씨가 진짜예요!"

"……역시 그런가!"

진짜인 넬A가 주먹을 쥐었다.

"맡겨줘, 펄. 그럼 레셰 공의 원수를 갚기 위해 내가 가짜 페이 공에게 진위 터치를……."

"기다려줘! 부탁해, 나를 의심하는 건 이해하는데……!"

승리에 불타는 넬과 펄에게 페이는 필사적으로 외쳤다.

……넬A와 펄B가 의심하는 건 당연해.

……나는 그 둘을 의심했고 진짜 레셰를 잘못된 쪽으로 유도하고 말았어.

이 타이밍에 가짜 페이A가 나타났다.

두 사람이 가짜를 믿는 것도 당연한 흐름이리라.

……넬과 펄은 서로의 진위를 몰라.

……거기에 페이A가 진짜 나라고 반쯤 믿고 있어.
이대로는 진위 터치로 두 사람이 아웃.
진짜끼리 없애고 없애다가…….

게임명『그리고 모두(진짜)가 사라졌다』가 실현된다.

이것이 신의 트릭.
플레이어는 완벽히 말려들었다.
……떠올려보자. 위화감을 느낀 순간을.
……아니, 순간이 아니야! 거슬러 오르면 내 추측이 **틀어지기 시작한 기점**이 문제야.
① 넬A는 진짜.
② 그것은 자신의 예상과는 반대였다.
(페이는 넬B가 진짜라고 생각했다)
③ 어째서 넬B를 진짜라고 생각했을까?
④ 사라진 펄A의 메시지로 그렇게 판단했다.
그것을 자신이 오해했을까?
⑤ 애초에 진위 터치는「절대적으로」정확한가?
⑥ 진위 터치의 결과를 속이는 트릭이 존재한다면?
“…….”
좁혀낼 수 없다.
북메이커의 게임과 비슷한 상황이다. 신의 트릭을 추정

하려 해도 상대가 신이라면 어떤 가능성도 버릴 수 없다. 버려선 안 된다.

"……그렇다면 순서대로 이야기를 듣고 싶다."

엄중한 말투로 넬A가 말했다.

"플레이어 다섯이 전원 모인 이상 가짜가 먼저 골인할 걱정은 없다. 그러니 페이A 공이 생각하는 최선책은 뭐지?"

"내가 볼 땐……."

가짜 페이가 자신의 가슴의 배지를 가리켰다.

"내게 진위 터치를 해줬으면 해. 여기엔 내가 둘 있어. 펄이든 넬이 내가 맞는지 확실하게 밝히는 편이 좋잖아?"

"저도 찬성이에요! 진짜 페이 씨를 알 수 있으면 든든하니까요!"

"음, 그렇군!"

펄의 대답에 확신을 얻었는지 넬A가 마음을 굳히고 돌아보았다.

가짜인 페이A에게.

"내가 페이A 공을 터치한다! 진짜라면 상관없겠지!"

"당연하지."

그 순간.

그 모든 상황을 눈앞에서 지켜봤기에.

페이는 신의 트릭을 이해했다.

“**그거**다! 넬, 기다려!”

“어?”

그 왼쪽 손목을 붙든 페이는 억지로 막았다.

“이게 포세이돈이 노리는 바야. 여기서 진짜인 네가 사라지는 걸 노리는 거라고.”

“……무슨 의미지?”

넬A가 눈썹을 찡그리는 것도 당연하다.

넬이 볼 때 자신(페이B)은 가짜. 그리고 가짜가 갑자기 손을 잡으면 경계하는 것도 무리가 아니다. 하지만…….

“페이A의 진위 터치에 실패하면 진짜 넬이 사라져. 그러면 무슨 일이 일어날 것 같아?”

“……설명을 부탁하고 싶군.”

“이 상황에서 제일 곤란한 것이 진짜 넬이 사라지고 가짜 넬이 남는 거야.”

“……?”

넬A는 아직 이해가 안 된다는 표정이다.

지금 「진짜 넬」이 얼마나 중요한지, 본인의 일이니 알아차리기 어려운 것이리라.

“**여기서 제일 빠른 가짜 넬이 남으면 우리는 패배해.** 골지점으로 달리는 넬을 따라잡을 수 없기 때문이야.”

“……!”

“간단한 패턴 분류야. 네가 봤을 때, 페이A의 진위 터치의 결과는 어떻게 되지?"

넬(진짜)의 진위 터치 결과는 네 가지.

① 페이A(진짜)에게 『너는 진짜다』

→ 넬과 페이가 둘 다 남는다.

② 페이A(진짜)에게 『너는 가짜다』

→ **진짜 넬이 사라지고** 가짜만 남는다.

③ 페이A(가짜)에게 『너는 진짜다』

→ **진짜 넬이 사라지고** 가짜만 남는다.

④ 페이A(가짜)에게 『너는 가짜다』

→ 넬과 페이가 둘 다 남는다.

진짜 넬을 없애기 위한 진위 터치 유도.

그것이 신이 노리는 바다.

"그건 레셰도 마찬가지야. 진짜 레셰가 남았다면 억지로 골까지 달릴 수 있겠지. 그러니 포세이돈은 레셰를 제일 먼저 없애기 위한 함정을 마련했어. 나를 유도해 레셰가 사라지는 것으로 의심이 내게 몰리도록 했지."

신의 트릭은 진짜 레셰와 진짜 넬을 퇴장시키는 것.

그렇게 된다면 시합 종료.

가짜 넬이 골 지점으로 달리는 것을, 페이(진짜)와 펄(진짜)은 막을 수 없다.

"……일리 있군."

진짜인 넬A가 조심스럽게 손을 내렸다.

진위 터치하려던 페이A에게서.

"페이B 공…… 솔직히 난 아직 A 공이 진짜라고 생각한다. 그 인식이 잘못됐다면 이번에야말로 결백을 증명해줬으면 한다."

"그래, 이번엔 틀리지 않을 거야."

넬을 잡은 손을 놓고서.

그 손으로 넬B, 페이A를 가리켰다.

"가짜는 이 두 사람. 남은 가짜 두 사람은 진위 터치로 이미 사라졌어."

술렁이는 분위기.

바다 미로 아틀란티스에 동요가 일었다.

그 안에서 가장 격렬하게 반응한 것이 가짜인 넬B이다.

"나, 나는 진짜다! 펄도 믿어다오……!"

넬B가 가짜라는 걸 알게 된 순간, 펄은 이곳에 없었다.

펄은 넬 A와 B 중 누가 진짜인지 판단할 수 없다. 그렇다면 대화로 속이려 들 것이라고 생각했을 것이다.

"그리고 페이B 공! 내가 가짜라고 했는데…… 페이 공이 진짜라는 걸 어떻게 증명할 거지? 진위 터치라면 페이A

공의 주장과 똑같지 않은가!"

"물론 진위 터치가 아니야."

"……?!"

모두가 숨을 죽였다.

이곳에 숨은 가짜를 포함한 네 사람 모두가.

"내가 진짜라고 생각하는 건 펄B와 넬A야. 그 두 사람에게 묻겠는데, 애초에 이 게임의 승률이 몇 퍼센트라고 생각해?"

"네? 그, 그게…… 여덟 명의 진위를 전부 확인해야 하니 50%의 4승인가요?"

"아, 아니! 자신과 자기 분신의 진위는 알고 있지. 답을 말하는 사람이 볼 때 승률 50%의 3승!"

"답은 50%야."

둘 중 하나의 확률로 이길 수 있다.

진짜 펄과 넬을 향해 페이는 손가락을 두 개 세워 보였다.

"실은 이 게임은 **여덟 명 모두가 모인 순서대로 진위 터치하면 돼.** 마지막에 진짜와 진위 불명의 두 사람이 남지. 남은 건 완전히 운에 맡겨도 두 번에 한 번은 인간이 이겨. 말하자면 궁극의 운에 달린 게임이지."

다만.

신이 이렇게 지루한 대결을 허락할까?

"더 자극적인 게임으로 만들고 싶다. 그렇게 생각하겠지?"

가짜 페이, 가짜 넬.

그 두 사람을 돌아보며.

"그러니 포세이돈…… 아니, 포세이돈 짱인가. 넌 훌륭히 **운에 달린 게임을 심리전으로 교체했어.** 그 트릭도 의외였지."

자신을 엄지로 가리킨 페이.

"신의 트릭은 진짜 하나에게 착각을 유도할 것. **이 안에서 제일 크게 착각한 것은 페이B인 나. 그러니 내가 진짜야.**"

자신만이 넬 A와 B를 **착각**했다.

그렇기에 역설적으로 진짜라고 할 수 있다.

"신은 진짜를 속여 같은 편끼리 자멸하게 할 필요가 있었지. 뒤집어보면 **속은 인간은 확실히 진짜.** 이 안에서 「명확하게 속은 사람」은 나뿐. 그게 진짜라는 증명이야."

"……틀에 박히지 않은 증명 방법이 정말로 진짜 같다만."

진짜 넬이 조심스럽게 입을 열었다.

"최대의 난관이 아직 남아있다. 진짜가 1등으로 골인해야 하는 승리 조건이지."

이 다섯 사람이 있는 곳에서.

모두가 볼 때 「반드시 진짜」라고 말할 수 있는 사람이 없다.

넬 A와 B는 펄이 볼 때 판단 불가능.

페이 A와 B는 넬과 펄이 볼 때 판단 불가능.

펄 B는 넬이 볼 때 판단 불가능.

진짜를 알 수 없다.

이 다섯 명 중, 대체 누가 선두로 골인하는 게 정답이지?

이것이 마지막 난제.

해결하기 위해서는 역시 진위 터치할 수밖에 없을 것 같지만.

"넬, 그리고 펄."

두 사람 앞에서 페이는 골 방향을 가리켰다.

"마라톤 대회에서 반드시 1등 할 수 있는 비기를 알아?"

2

바다 미로 아틀란티스.

골 지점에 선 인수신 미노타우로스. 그 뒤에는 진위 터치에 실패해 탈락한 레셰 A와 B, 그리고 펄A의 모습도 있었다.

원래 신들의 놀이에서 탈락하면 인간 세계로 귀환하지만, 이 게임은 예외다.

골 후의 진위 판정이 남아 있다.

여덟 명 전원이 모인 뒤, 최후의 게임이 기다리고 있다.

"아, 왔다, 왔어! 여기야~!"

미노타우로스가 레이스용 하얀 깃발을 크게 휘둘렀다.

자, 1등은 누구일까? 레셰 A와 B, 펄A도 마른침을 삼키며 지켜보고서…… 그곳에 있는 모두가 무언가를 깨닫고 눈이 휘둥그레졌다.

다섯 사람의 발소리.

마지막 모퉁이에서 다섯 명이 동시에 나타났다. 그것도 옆으로 나란히 서서.

"오, 그렇구나!"

백기를 휘두르던 손을 멈춘 미노타우로스가 즐겁게 웃었다.

"**다섯 명이 손을 잡고 동시에 골.** 진위를 알 수 없다면 모두 1등으로 골인하자는 거네!"

그렇다.

페이가 제안한 **반드시 1등 하는 법**이란 일렬로 나란히 손을 잡는 작전이다.

줄을 선 형태는 이렇다.

넬A(?) — 넬B(?) — 펄B(?) — 페이B(진짜) — 페이A(가짜)

우선 넬끼리, 페이끼리는 진위 체크 불가.

그리고 중요한 것은 「가짜는 진짜를 없앨 수 없다」는 점이다. 진짜가 계속 「아무것도 하지 않는다」는 선택을 하면 가짜는 진위 터치로 혼동을 줄 수 없다.

“생각 잘했네! 손을 잡아 동시에 골인할 수 있고, 그 일제히 골인하기 직전까지 진짜가 가짜를 감시할 수도 있어!”

다섯 명이 일제히 골 테이프로.

그 순간 잘게 썬 색종이가 뿌려졌다.

“축하해! 승리 조건 1 달성을 인정할게!”

미노타우로스가 아낌없는 박수를 보냈다.

“그럼 진위 판정이지! 승리 조건의 규칙상 대답하는 건 인간만 할 수 있어. 대답하는 건 한 명뿐. 누가 대답할 거야?”

“나다.”

골 지점에 선 여덟 명을 대표해.

페이는 신을 향해 선언했다. 가슴에 달린 B 배지를 가리키고서.

“진위를 대답하는 건 인간뿐. 지금 이 순간, 페이B인 내가 진짜라는 게 증명됐어. 그렇지?”

그와 동시에 작은 폭발음이 울렸다.

펑 소리와 함께 페이A의 모습이 흔들리더니, 삼지창을 든 작은 소녀의 모습을 한 신이 나타났다.

“……흥! 뭐, 됐다! 그럼 진위 판정을 시작해 보아라!”

“그렇게 됐으니, 내가 해도 되겠지?”

두 레셰, 두 펄, 두 넬.

그 모두를 둘러보았다.

""해버려도 돼.""

""무, 물론이에요! ……설마 B가 진짜 페이 씨였다니…….""

""으, 음…… 나도 마지막까지 페이 공은 판단할 수 없었다만…… 진짜라는 걸 알게 됐으니 반대할 생각은 조금도 없다!""

진짜와 가짜의 말이 완벽하게 겹쳤다.

골인 후에도 완벽한 모방을 유지해서 생김새와 말로는 구분할 수 없었다.

따라서 진위는.

미로 아틀란티스에서 일어난 사건으로 판단할 수밖에 없다.

"우선 첫 번째. 이건 나 자신이니 페이B가 진짜다. 그러니 A가 가짜가 되겠지. 여기까지는 다들 동의하지?"

아무도 반대하지 않았다.

포세이돈조차 이미 페이A의 변신을 풀었다.

"마찬가지로 레셰도 바로 대답할 수 있어. 내가 직접 펄A의 진위 터치로 레셰B가 사라진 것을 확인했으니까. 진짜는 레셰A다."

"……지금까지는 정답이구나!"

레셰B의 모습이 사라지고 두 번째 포세이돈이 나타났다.

페이는 당연히 알고 있었지만, 레셰의 진위를 몰랐던 넬

은 놀라며 물러났다.

"여기서부터!"

신이 심지창으로 페이를 겨눴다.

"이 네 사람은 맞추는 게 당연. 그대는 진위 터치를 봤으니 말이야. 지금부터는 다를 것이니라!"

신의 말은 도발이 아닌 사실.

진짜 싸움은 여기서부터다. 남은 것은 두 펄과 두 넬. 진위 터치를 하지 않은 두 사람과 진위 터치에 **의문이 남은** 두 사람이다.

"다음은 넬이야."

검은 머리 소녀 둘을 바라보았다.

완벽히 똑같은 넬 A와 B가 그 한마디에 숨을 죽이는 것을 보고서.

"사실 두 사람의 진위 차제는 문제가 아니야. 진짜 레셰가 진위 터치로 확인해 줬으니까."

"넬A가 가짜라면 B인 네가 진짜지?"

"진위 터치 실패. 넬B는『가짜』이므로……."

진위 터치는 자동 판정.

그 판정을 믿는다면 답은 나와 있다.

"진짜는 넬A고 가짜는 넬B야. 이건 변하지 않아. 다만……."

그 뒷말을, 페이는 일부러 하지 않았다.

다만…… 넬의 진위는 페이의 **예상과 반대였다.**

레셰를 잘못 유도하고 말았다.

그것이 바로 신의 전략으로, 지금부터 풀어야 하는 트릭이다.

"포세이돈."

넬B의 모습을 한 신에게.

"이미 정체를 들켰는데 **어째서 아직 신의 모습으로 돌아오지 않는 거지?"**

"……!"

"돌아가고 싶지 않지? 전술과 관련이 있으니까. 내가 넬의 진위를 틀린 이유. 그리고 진짜 펄은 어느 쪽이었는가. 이건 두 가지 모두 하나의 전술이었어."

두 펄에게.

가슴에 A와 B 배지를 단 두 금발 소녀를 보았다. 이 두 사람만큼은 마지막까지 진위 터치를 당하지 않았다.

……레셰와 넬은 모를 거야.

……유일하게 모든 장치를 본 것은 나. 그러니 내가 답해야 해.

어느 쪽이 진짜고 어느 쪽이 가짜인가.

"내가 먼저 생각했던 건 누가 진짜처럼 움직였는가. 이

건 진위 터치를 통해 레셰B가 가짜라는 것이 밝혀졌으니 펄A가 진짜일 가능성이 커. 반면 펄B는 진짜에게 유리한 정보는 아무것도 흘리지 않았어."

"……!"

"그, 그래요, 페이 씨! 저희는 계속 같이 있었으니까요!"

펄B의 어깨가 떨리고.

펄A의 얼굴이 환하게 풀어졌다.

하지만. 페이의 이야기는 아직 끝이 아니다.

"다음 관점. 그건 누가 **의도적으로** 수상하게 움직였는가. 솔직히 전부 수상한 행동은 있었어. 그건 나도 마찬가지야. 레셰를 잘못 유도하고 말았어. 하지만 이건 내가 속아서 벌어진 일이야. 중요한 건 **언제 누구에게 속았는가이지.**"

모두가 속고 있었다.

신의 트릭에 넘어가 의심이 깊어진 끝에 「그리고 모두가 사라졌다」가 실현되려 했다.

"나는 진짜 레셰에게 「넬A가 가짜일 가능성이 크다」고 말했어. 그건 펄A가 이렇게 말했기 때문이지."

"진위 터치를 넬A 씨에게 사용해도 될까요?"

"『당신은 가짜입니다』라고요! 제가 사라지면 넬 씨는 가짜예요."

그리고 펄A가 사라졌다.

"나는 그 말을 믿고 넬A가 가짜라고 생각했고, 레셰에게 그렇게 알렸어. 그 결과 무슨 일이 벌어졌는가 하면……."

"자, 잠깐만요!"

펄A가 끼어들었다.

"뭔가 이상해요! 저는 페이 씨와 약속한 대로 진위 터치를 했어요! 결과는 실패였지만 그래도 페이 씨의 도움이 될 거라고 믿고서!"

"……어때? 넬. 아, 내가 묻는 건 진짜인 A쪽인데."

"……! 화, 확실히 나는 진짜가 확실하다만……."

넬이 숨을 죽였다.

두 펄을 몇 번이고 번갈아 본 끝에 자신 없다는 듯이 작은 목소리로.

"……저, 한 가지 알 수 없는 게 있다. 페이 공이 말한 것처럼 펄A가 진짜라며 터치했다면 **나는 진짜이니 펄이 사라지지 않아야 하는 것**이 아닌가?"

"그거야."

"어?"

"넬도 말했잖아. 펄이 진위 터치로 다가왔을 때 뭐라고 말했는지 몰랐다고. 빠르게 말해 서알아듣지 못했다면서?"

"……아?!"

그렇다. 이것이 **두 번째** 신의 전략의 정체다.

"답을 맞춰볼 시간이다, 펄. 아니, 돈짱."

A 배지를 단 펄.

겁에 질린 강아지처럼 애원하는 눈빛으로.

아니. 그렇게 연기하는 신을 향해.

"너는 진짜라고 말하며 진위 터치한 게 아니야. 『**당신은 가짜입니다**』라고 말하며 넬을 터치했지?"

완벽한 생각의 사각지대였다.

진위 터치 선언은 **다른 사람에게 들려주는 룰이 아니다.** 혼자서 속삭이고 터치하는 것만으로도 발동한다.

"용의주도했어. 너는 일부러 **나를 교체 오브로 다른 지점으로 보냈으니까.** 뭐라고 선언했는지 내가 듣지 못하게 하려는 거였지?"

전부 계산된 행동이었다.

"페이 씨! 이 오브로 넬A 씨와 바꾸면 되잖아요."

"페이 씨가 선두로 가주세요!"

펄A와 넬A가 합류.

선언을 본다면(듣는다면) 성가셔질 페이를 멀리 날려버리고 넬과 둘만 남은 상태에서 『예고와는 반대의 선언』으로 진위 터치.

……그래서 내가 속았지.

……펄A가 진짜라고 말하며 진위 터치했다고 믿게 됐어.

그리고 레셰에게도 도움을 받았다.

넬B의 진위 터치를 레셰가 아닌 페이가 했다면 이 게임에서 진실에 도달한 사람은 분명 아무도 없었을 것이다.

"그리고 이건 신의 전략 두 번째. 정말로 위험한 건 첫 번째야."

이 자리에 있는 모두를 보고서.

당황한 눈빛, 호기심 어린 눈빛이 뒤섞인 가운데.

"이 전략은 언제 시작됐지? 나는 펄A의 말을 믿었기에 진짜 넬을 의심했어. 결국 나는 펄A가 진짜라고 반쯤 **무의식적**으로 믿게 됐지. 나를 속이기 위해 신이 마련한 최초의 함정, 그건 바로 최초의 진위 터치였어."

"그러니 터치! 당신은 가짜입니다!"

"진위 터치 성공. 레셰B는『가짜』이므로 게임에서 제외."

규칙을 설명하며 미노타우로스는 이렇게 말했다.『진위 터치는 **어떠한 상황이어도 가짜 측이 시작해 유리해질 일이 없다**』고.

"이 진위 터치는 진짜 측의 특권 스킬. 그런 의미로는 미노타우로스의 설명은 틀리지 않았어. 그렇기에 허를 찔린 거지."

진실은.

펄A(진짜)가 레셰B(가짜)를 터치한 것이 아니라.

펄A(가짜)가 레셰B(가짜)를 터치.

“신(가짜)은 스스로 신(가짜)을 없앴지. 보통은 나 하나를 속이기 위해 그렇게까지 할 거라고는 생각하지 못해. 그리고 더 용의주도한 말로 함정을 설치했어. 룰 설명할 때 어떤 플레이어가 이렇게 말했지.”

“이 진위 터치, 가짜는 진짜를 없앨 수 없으니까.”

“떠올려봐. 이렇게 말한 것도 레셰로 변한 신이야.”

여기가 최대 포인트다.

① 가짜는 진짜를 없앨 수 없다.

= 진짜만이 가짜를 없앨 수 있다.

이것이 아니다.

② 가짜가 가짜를 없애는 것도 시스템상 가능하다.

그러나 신은 ②를 의식하지 않도록 일부러 레셰의 모습으로 ①을 모두에게 각인시켰다.

……가짜 측이 진위 터치를 해도 유리한 점은 하나도 없다.

……가짜에게 불리한 결과만 가져오기 때문이다.

이것은 사실이다.

그렇기에 가짜는 진위 터치를 안 하겠지?

포세이돈은 게임이 시작하기 전부터 그런 생각을 심어주었다. 레셰의 모습으로.

거기다.

페이는 그것을 두 번이나 체험했다.

"신의 전략은 이거야. 『펄A(가짜)가 레셰B(가짜)를 터치해 자멸』한다는 비합리적인 트릭에 『펄A(가짜)가 넬A(진짜)를 터치해 자멸』하는 비합리적인 트릭을 추가해 진짜 측을 함정에 빠뜨린 거지."

"……?! 그렇다면 페이 공!"

넬이 손가락을 네 개 세워 그 중에 둘을 접어 보였다.

"신의 분신은 넷. 스스로 그중 절반인 둘을 진위 터치로 소멸시켰다는 건가?!"

"그래. 굉장히 비합리적이지?"

가짜 넷 중에 둘을 자멸시킨다. 그렇게까지 하면서 인간을 속일 필요가 있을까?

아니다.

그렇기에 신은 그렇게 했다. **페이만을 속이기 위해.**

"그럼 마지막으로 답을 정리해줬으면 좋겠네."

시험하듯 바라보며 미노타우로스가 입을 열었다.

"이 안에서 진짜 네 사람은?"

"진짜는 나(페이B), 레셰A, 넬A, 펄B…… 이상이다."

"정말 그 답으로 괜찮겠어?"

"그래."

"그렇다네, 돈짱."

미노타우로스가 생긋 미소 지었다.

그와 동시에 선택받지 못한 레셰B, 넬B, 펄A가 펑 소리를 내며 사라지고는.

"이러어어어어언!"

얼굴이 새빨개진 포세이돈이 넷.

"어서 와!"

그 넷을 미노타우로스가 꼭 안아주자 포세이돈이 하나로 융합했다.

"수고했어, 돈짱."

"크으으으! 모처럼 **내부 분열을 일으켜주려고 했는데!**"

그렇다.

이 게임은 페이가 말한 것처럼 여덟 명을 모아 진위 터치를 하면 마지막은 승률 50%가 되는 게임으로 만들 수 있다.

다만.

그것은 팀원의 말을 전혀 믿지 않고 기계적인 판단 처리를 수행하는 길.

게임명 『그리고 모두가 사라졌다』는 그 「동료의 말을 믿지 않는 사람들」을 비꼬는 이름일 것이다.

"너희……."

포세이돈은 이쪽을 날카롭게 올려다보았다.

페이, 레셰, 펄, 넬 순으로 눈을 들여다보고는.

"너희는 **한 번도 『네가 가짜다』라는 진위 터치를 쓰지 않았지?"**

신은 깨달았다.

가짜를 없애는 『네가 가짜다』라는 진위 터치는 신이 사용했을 때뿐. 진짜 네 사람은 사실 한 번도 플레이어를 **없애는 선택을 하지 않았다.**

승률 50%라는, 신이 일부러 마련한 달콤한 공략법의 허를 찌른 것이다.

"……뭐, 그렇죠."

펄이 무척이나 당연하다는 말투로.

"실수로 진짜 아군을 없앨 수는 없으니까요……."

"음. 나도다. 진짜 페이 공이나 레셰 공만 있으면 승리를 기대할 수 있으니까."

고개를 끄덕이는 넬.

그런 두 사람을 바라본 앳된 신이 크게 숨을 내쉬었다.

"……그럭저럭 훌륭했느니라."

"후후. 재밌는 게임이었어."

뚱한 표정으로 팔짱을 낀 포세이돈과 그 머리를 쓰다듬는 미노타우로스.

"나와 돈짱만큼은 아니어도 인간치고는 사이가 좋구나."

"당연하죠!"

펄이 기다렸다는 듯이 가슴을 폈다.

"저희는 이 바다보다 깊은 신뢰로 이어져 있는걸요!"

"응, 응. 인간은 팀을 맺어 도전하니까. 인간은 팀에 이름을 붙이기도 하지?"

"……네?"

"어허, 미노짱. **이 녀석들이라면 당연히 팀명 정도는 있을 테지.**"

미노타우로스가 머리를 쓰다듬는 포세이돈이 진지한 얼굴로 말을 이었다.

"이렇게나 사이가 좋은 팀이니 말이다."

"……팀명."

펄이 한동안 경직.

그러는가 싶더니, 녹슨 기계처럼 드드득…… 하고 묵직하게 고개를 돌리며.

"페이 씨, 그러고 보니 저희 팀명은요……?"

"안 정했어."

"아직 안 정했었나요?!"

"아니…… 생각은 했었어. 미란다 사무장님도 등록명이

공백이라 사무 담당자들이 곤란하다면서 재촉했으니까."

머리를 긁적이며 페이가 작은 목소리로 그렇게 답했다.

다만 직후에 루셰이메어의 사건이 벌어지고, 작명 센스가 없는 탓도 있어 그만 뒤로 미루고 말았다.

"페이 공. 이 승리로 7승이다."

그러나 조심스럽게 입을 연 사람은 넬.

"본부의 『마인드 오버 마터』를 따라잡았지. 동률이라지만 세계에서 승리를 제일 많이 거두게 된 이상, 역시 팀명을 정하는 건 서두르는 편이 좋지 않겠나?"

"……뭐, 그렇겠지."

"호오? 아직 팀명도 정하지 않았느냐, 네놈들은."

포세이돈이 어째서인지 깔보듯 바라보았다.

"그런 꼴로는 본인과 미노짱의 친한 정도에는 한참 못 미친다!"

"친한 것하고 상관이 있는 거야……?"

"그렇게 됐으니 정신 차리고 다시 오너라!"

첨벙!

바다 미로 아틀란티스의 벽이 붕괴하고, 갈라졌던 바다가 원래대로 돌아왔다. 다시 말해 페이 일행이 선 바다 밑바닥을 향해 바닷물이 들이닥치고.

페이 일행은 인간 세계로 귀환했다.

VS 『해신 포세이돈』
게임 『미궁 미신 게임 ―그리고 모두가 사라졌다―』
공략 시간 2시간 1분 01초로 『승리』

【승리 조건】 진짜 넷 중 누군가가 1등으로 골인할 것.
또한 골 도달 시, 여덟 명 전원의 『진위』를
맞출 것.
【패배 조건 1】 가짜가 먼저 골인하는 것.
【패배 조건 2】 진짜 측의 대표가 여덟 명의 진위 판정에서
틀릴 경우.
【기타】 플레이어 여덟 명은 각각 진위 터치를
사용할 수 있음.

Chapter

Player.7 즐기도록 하여라

God's Game We Play

고대도시 엔쥬, 발굴 현장.

아무도 없이 고요한 곳에 아무런 징조도 없이 네 사람이 나타났다.

"앗?!"

"또 허리가?!"

땅에 그려진 우로보로스의 고리에서 튀어나왔다. 그 기세로 공중까지 떠오른 것까지는 좋았지만, 바로 중력에 이끌려 지상으로 낙하.

그 결과 허리로 낙하하게 됐다.

참고로 허리부터 떨어진 것은 페이와 펄. 넬과 레셰는 어렵지 않게 착지한 모양이다.

"……이것 참."

한숨을 쉬며 일어난 페이는 주위를 둘러보았다.

"신들의 놀이에서 거신상이 사용되는 이유를 알게 된 것 같네…… 응?"

"기다리고 있었다, 인간아!"

안쪽에서 밝은 목소리가 울렸다.

유적 안쪽에서 은발 소녀가 얼굴을 빼꼼 내밀었다.

"적당한 시간에 돌아왔구나. 이쪽도 준비가 끝난 참이야!"
"준비라니?"
"인간이를 만나고 싶어 하는 신이 있거든!"
"……나를 만나고 싶어 한다고?"
마음속으로 경계했다.
자신을 만나고 싶어 하는 신. 설마 위그드라실 숲으로 가기 직전에 만난 그 정체를 알 수 없는 신일까?
……그런 생각이 먼저 떠오르는데.
……아무래도 아닌 것 같네.
이유는 간단하다. 우로보로스의 천진난만한 눈빛이다.
꿍꿍이가 있을 것 같지 않다.
"근데 우로보로스, 안타깝지만 난 그 신이 어떤 신인지 전혀 모르겠는데."
"어라? 인간이는 몰랐구나."
우로보로스가 장난스럽게 히죽히죽 웃었다.
"그 녀석, 처음으로 정신체가 되는 거라 감을 못 잡고 있었거든. 그래서 무패인 내가 도와준 거지!"
"그게 무패하고 상관있는 거야……?"
"있다!"
"없잖아?!"
고위의 존재인 신이 인간과 접촉하는 모습의 대표적인 사례가 정신체다.

길이 1만 미터의 용인 무한신 우로보로스와 같은 『인간의 모습이 아닌』 신은 인간과 닮은 정신체로 지상에 나타난다. 그에 비해 레셰처럼 『신의 지위를 버리고 인간이 되는』 경우는 극히 드물다. 과거를 거슬러 올라도 유일한 사례일 것이다.

"……뭐, 그건 그렇고. 그 신이……윽?!"

대지가 울렸다.

이 거대 발굴 현장은 물론 도시가 통째로 흔들릴 정도의 지진이 마치 발소리처럼 일정 간격으로 일어났다.

다가오고 있다. 뭔가 엄청난 질량을 지닌 무언가가.

"뭐, 뭔가요, 이 진동은?!"

"……발소리 같다만."

눈앞 돌기둥을 끌어안은 펄. 이 진통에 넘어지지 않도록 넬도 자세를 낮게 잡고 있었다. 반면에.

"……이 진동은?"

페이는 이 거대한 땅울림이 어째서인지 익숙하게 느껴졌다.

몸이 기억하는 것 같았다.

도시를 흔들 정도의, 이 엄청난 기척을.

올려다보았다.

대지를 흔드는 진동이 유적 언덕에서 다가오니 어째서인지 이해했다.

풍화되어 색이 바랜 황금 제단이 있으며.

현대어가 아닌 문자가 새겨진 돌기둥이 있으며.

기척은 그 안쪽, 캠퍼스와 같은 직사각형의 검은색 벽에서 났다.

그리고.

강하면서도 밝은 여자 목소리가 그 뒤에서 울렸다.

"여어, 애송이."

유적 언덕에 선 것은 **용암색** 긴 머리를 뒤로 묶은 덩치 큰 여성이었다.

신장은 180센티는 가볍게 넘을 듯했다. 화려한 색채의 기모노 차림에 대범하게 벌어진 앞섶으로 스타일 좋은 몸매가 엿보였다.

"오랜만이네."

"……?!"

그 친근한 말과 웃음에 페이는 언덕에 선 여성을 올려다보았다.

대지를 흔드는 발소리.

무엇보다도 저 밝은 주황색이 섞인 용암색 머리카락. 페이는 그 호쾌한 색을 띤 신을 본 적이 있다.

"……설마, 타이탄?!"

“애송이, 유희(게임)는 즐기고 있나?”

유적 언덕에서 그 신이 호쾌하게 씩 웃어 보였다.

거신 타이탄.

자신과 레셰가 만난 날. 둘이서 갑자기 뛰어든 거신상에서 처음으로 함께 공략한 신이다.

산과 같은 거구와 주먹 하나로 빌딩을 쉽게 파괴하는 호쾌함. 그와 동시에 무척이나 계산적인 지혜를 지닌 초자연적인 신.

따라서, 대지의 현신.

그런 특징이 모티브가 됐다면 이 호쾌한 미소의 여성의 외형은 이해가 되는 조형이다.

“……솔직히 놀랐어. 일부러 나를 만나러 왔다고?”

“오, 그거야, 그거. 나도 그만 게임으로 만족하는 바람에 주는 걸 잊고 있었거든.”

검은 암벽에 손을 얹은 타이탄이 거기에 기댔다.

“너희도 알지? 신들의 놀이에서 특별한 승리를 거둔 인간에겐 신이 포상을 내리게 되어 있어.”

“……어? 그거 혹시 신의 보관 말인가요?”

펄이 움찔 반응했다.

그도 그럴 터. 자신들은 신의 보관을 세 개 소지하고 있다. 얼마 전 위그드라실 숲에서 소지 한계가 셋이라는 사실을 요정 님프가 알려주었다.

우로보로스의 눈, 태양의 꽃, 보물 창고의 마스터키까지 셋.

네 번째는 받을 수 없다.

"……저기, 실은 저희가 이미 신의 포상을……."

"그럴까?"

레셰가 미소 지었다.

"펄, 넌 방송으로 나와 페이의 타이탄 전을 봤지? 애초에 타이탄은 예전부터 인간과 같이 놀았으니 무패일 리도 없잖아."

"네? 아, 그러게요!"

레셰의 말대로.

거신 타이탄과 인류의 대결은 그 역사가 길다. 신비법원의 통계로는 최근 30년의 조우 수만 해도 열 번 이상. 승률도 14%라는 숫자가 있다.

무패의 신에게 승리한 증표인 『신의 보관』은 불가능하다.

"어? 어? 그럼……."

"하나 더 있잖아. 신의 포상이."

언덕 위에서 침착하게 웃는 신.

그 모습을 올려다보며 페이도 그제야 숨을 내쉬었다.

떠올랐다.

듣고 보니 확실히 짐작되는 것이 있다.

"그때는 그럴 상황이 아니었으니 나도 놓치고 있었어.

네 『신잡기』 게임은 **탈락한 사람이 아무도 없었으니까.**"

신에게 붙잡힌 사람은 신의 부하가 되는 『신잡기』.

신 측에서 인간 측으로 다시 복귀할 수도 있는 규칙상, 『신잡기』에 탈락자는 없다.

"아스타 선배는 어떤 상황이지? 신에게 조종당하고 있지만 그건 신잡기 게임의 룰 때문. 아직 탈락한 게 아니야. 그렇게 이해해도 될까?"

신의 포상을 받을 수 있는 조건 중에.

게임 중 단 한 명도 탈락하지 않고 승리하라는 과제가 있다.

"그렇군, 『신의 자애』에 해당하는 건가!"

넬의 얼굴에 홍조가 띠었다.

"신잡기에서 탈락한 사람은 없으니 신의 자애를 받을 조건을 충족한 거군! 신의 자애는 신의 보관과는 별개이니…… 신의 보관을 세 개 가지고 있어도 그 상한에 해당하지 않아. 우리는 그걸 받을 자격이 있다는 뜻인가!"

『신의 보관』—무패의 신에게 처음 승리할 것.

『신의 자애』—탈락한 사람이 한 명도 없이 승리할 것.

그래서 거신 타이탄이 나타났다.

일부러 정신체가 되어 인간 세계에 강림하면서까지 페이를 찾고 있었다.

"……뭘 주려는 거지?"

"……."

용암색 머리의 신이 조용히 미소 지었다.

귀여워하듯.

어딘가 먼 과거를 그리워하듯.

"애송이, 유희(게임)는 좋아하나?"

"……응?"

"나는 좋아한다. 다른 신도 다들 그렇지. 하지만…… 가끔 비뚤어진 녀석도 있다. 솔직하게 유희를 즐기지 못하는 곤란한 녀석이. 유희의 가능성을 믿지 못하는 녀석이."

바람이 불었다.

일행 이외에 아무도 없는 발굴 현장을 감싸듯 바람이 흐르며 아득히 먼 고대의 지층에 있는 재를 살며시 들어 올렸다.

그 바람이 그칠 때까지 타이탄은 가만히 기다렸다. 그리고.

"언젠가 그 녀석이 애송이의 앞에 나타날지도 모른다."

"……!"

이미 만났다.

그렇게 말해야 할지 고민하는 페이의 모습조차 이미 알

고 있었다는 것처럼.

"그 녀석이 애송이를 유혹하고, 어지럽히고, 애송이가 모르는 『역사』를 들이밀지도 몰라. 인간에겐 너무 먼 과거라 필요 없을 정도의 시대의 이야기를 말이야."

"그건……."

"하지만."

땅울림.

기모노를 펄럭인 타이탄이 그 오른발로 지반을 밟았다.

"이 유적. 3천 년 정도는 신에겐 순식간이지. 그러니 고대 마법 문명도 잘 기억한다."

언제부터였을까.

타이탄의 말에는 그야말로 『신의 자애』라 할 수 있는 사랑이 담겨 있었다.

"고대 마법 문명 시대부터 지금까지, 인간과 신은 유희를 즐기고 있지. 어느 시대든 유희는 유희. 너희도 마음 내킬 때까지 **즐기도록 하여라.**"

그리고 타이탄이 몸을 옆으로 돌렸다.

자신이 기대던 검은 암벽을 가만히 바라보며.

"그러니……."

쿵!

타이탄이 그 암벽을 향해 호쾌하게 주먹을 돌려쳤다.

대포가 작렬한 것 같은 굉음과 충격파가 대기를 뒤흔들었다. 그 충격으로 페이 일행이 올려다본 암벽이 갈라졌다.

찌적…….

후드득…….

검은 암벽이 갈라지며 그 안쪽으로 다채로운 무언가가 보였다.

암벽 안쪽에 무엇인가 있는 걸까?

아니다. 이 유적 언덕에는 처음부터 무언가가 있었고, 저 검은 바위가 그것을 감싸듯 은폐하고 있었다.

타이탄의 주먹으로 먼 옛날에 얇은 바위로 만들어진 코팅이 벗겨졌다.

외벽이 전부 벗겨진 그곳에는.

극채색 벽화가 나왔다.

3천 년 전의 벽화.

거신 타이탄의 말을 믿자면 고대 마법 문명 시대의 그림일 것이다. 풍화를 피하도록 표면을 바위로 코팅한 것이다.

"아! 저기 그려진 건 돈짱 아닌가요?!"

"미노타우로스 님의 모습도 있다. ……하늘을 나는 저 검은 뱀처럼 생긴 건 설마 우로보로스 공인가?!"

펄과 넬의 눈이 커졌다.

그것은.

인간과 신들이 유희를 즐기는 벽화였다.

미노타우로스와 포세이돈으로 보이는 모습. 자신들이 모르는 수많은 신들이 그려져 있었다. 인간과 신들이 아무런 구별도 없이 어린아이처럼 노는 모습이.

그 벽화의 제목은.

『신들의 유희를(메이 유어 갓즈) 내려받은』.

“**팀명.** 이것이 내가 주는 『신의 자애(포상)』이다.”

용암색 머리카락을 크게 나부끼며.

대지의 현신 타이탄이 다시 호쾌한 미소를 지으며 말했다.

“가져가라, 이 너머로.”

“…….”

떠올려보면.

어떤 황홀경에 가까웠는지도 모른다.

뒤섞인 감정.

이렇게 무거운 팀명을 자신들이 짊어져도 될까 싶은 경외심. 그리고 이만한 선물을(신의 자애) 받았다는 사실의 기쁨.

두 가지 감정이 뒤섞여서.

“……소중히 여길게.”

페이는 그저 그렇게 말하는 것만으로도 고작이었다.

이쪽을 내려다보는 신 타이탄을 올려다보며.

"너무 무거워서 나 혼자선 짊어질 수 없을 것 같기는 한데, 같이 짊어질 동료가 있어. 소중히 안고 갈게."

"부담가질 필요는 없다. 그 또한 즐기면 된다, 애송이."

"……그래. 그렇게 됐으니, 가볼까?"

돌아보았다.

흥분에 찬 미소를 떠올린 넬과 넋이 나간 듯한 펄.

그리고 누구보다 즐거운 미소를 떠올린 레셰를 바라보며 페이는 고개를 크게 끄덕였다.

"신비법원 본부에 말이야."

■ 작가 후기

"어느 시대든 유희는 유희. 너희도 마음 내킬 때까지 즐기도록 하여라."

『신은 유희에 굶주려있다.』 제5권, 감사합니다!

게임에 푹 빠지는 것은 인간이나 신이나 똑같아서…….

이 제5권은 이름만인 등장을 포함하면 과거 최대의 신 캐릭터가 등장합니다. 개성 넘치는 신들에 페이의 옛 팀 관계자도 처음 등장했네요.

더욱 활기차고 화려해지는 『신은 유희에 굶주려있다.』 세계를 기대해 주세요!

그럼 잠시 본편 이야기를!

3권, 4권의 미궁 루셰이메어 편이 상당히 큰 볼륨이었던 탓도 있어서 이번엔 오랜만에 「한 권에 두 게임」 구성이 됐습니다.

신수의 열매 농구는 스포츠 요소가 있는 게임으로 넬이 크게 활약한 것은 물론 레셰도 무척 그녀다운 활약을 보여준 것 같습니다. 아슈란 대장과 아니타도 활약했으니 활기찬 게임이었던 것 같습니다.

참고로 제가 마음에 든 것은『내 귀여운 친구(커먼 레밍스)』입니다.

후반전은 돈짱(포세이돈) 전.

5권 표지는 포세이돈이 장식했지만 미노짱(미노타우로스)와 사이가 좋은 것도 그렇고 개인적으로도 두 신이 마음에 듭니다.

신은 혼자를 좋아하기에 무리 지지 않는다.

이번 5권에서도 모두가 말했던 것도 같지만 그 둘은 희귀하게도 예외라고나 할까, 오히려 그런 원칙조차 변덕으로 뒤집는 것이 신이 아닐까 합니다.

그리고 이번엔 포세이돈의 게임으로 싸웠지만 언젠가는 미노타우로스의 게임도 선보였으면 좋겠다고도 생각합니다.

여기서 알려드릴 소식!

기쁘게도 애니메이션화 진행 중을 발표한『신은 유희에 굶주려있다.』가 MF문고J 여름의 학원제에서 추가 발표가 있었습니다.

애니메이션 제작, 라이덴 필름 님.

감독, 시라이시 타츠야 님.

이쪽이 정식 발표입니다! 저도 각본 회의는 전부 참가하고 있지만『신은 유희에 굶주려있다.』의 게임 전개 각본이 무척 흥미롭게 완성되고 있으니 자신 있게 전해드릴 수 있을 것 같습니다!

부디 추가 정보를 기대해 주세요!

그리고 감사 인사를.

토모세 토이로 선생님, 이번 포세이돈도 신(神)급으로 미려합니다. 감사합니다!

코미컬라이즈 담당인 토리우미 카피코 선생님, 매달 즐거운 만화를 연재해 주셔서 감사합니다. 이제는 매달 기다려집니다.

그리고 담당자 N 님. 원작 애니메이션을 포함해 매월 정도가 아니라 매일 신세 지고 있습니다. 한층 더 고조되기 위해 앞으로도 잘 부탁드립니다!

마지막으로 간행 예정 소식입니다.

우선 다른 시리즈 『너와전장』도 애니메이션 속편이 결정됐습니다!

그 단편집 3권이 8월 20일에 나온 참이고 장편인 『너와전장14』도 이번 겨울 예정입니다. 이쪽도 많은 응원 부탁드립니다.

또한 『신은 유희에 굶주려있다. 6』도 전력을 다해 진행하고 있습니다!

신비법원 본부 편, 세계 최강팀과의 만남을 부디 기대해 주세요!

2022년 여름에 사자네 케이

■ 역자 후기

안녕하세요. 역자 김덕진입니다.

신은 유희에 굶주려있다. 5권으로 다시 인사드리게 되어 영광입니다.

이번 5권은 여러모로 작업에 시간이 많이 들었던 것 같습니다. 새로운 등장인물이 많아서 각자의 말투와 개성에 시간을 많이 들일 수밖에 없었고 작가님의 후기에 적으셨던 것처럼 한 권에 두 게임이 수록되었기에 이래저래 주의했기 때문이죠.

특히 게임은 이 작품의 가장 큰 요소라 할 수 있는 만큼 서술 번역 과정에서 문제가 없었는지 고민하며 복선과 맥거핀 확인을 위해 앞부분을 여러 번 점검했습니다.

살짝 고충을 이야기하자면 단권을 작업할 때는 작가님께서 깔아두신 복선이 책의 후반부에 밝혀지기 때문에 마지막까지 전부 확인한 후 앞부분을 수정하면 되지만, 시리즈를 작업할 때는 작가님께서 깔아두신 복선을 전부 확인할 방법이 없으니 작업하며 여러모로 신경 쓰이기 마련입니다. 그렇게 신경을 쓰다 보면 괜한 의심병이 생겨 이것도 복선이 아닐까, 저것도 복선이 아닐까 의심하게 되죠. 지금 작업한 결과물이 나중에 수습하기 어려운 사태로 벌어지지 않을지 항상 고민이 되는 것 같습니다.

다소 불필요한 말이 길어진 것 같군요.

아, 그리고 이번 5권의 두 번째 게임의 제목인 『그리고 모두가 사라졌다』는 애거서 크리스티의 『그리고 아무도 없었다』의 패러디인 듯합니다. 솔직히 처음에 작업할 땐 아무런 위화감도 없이 『그리고 아무도 없었다』로 작업했다가 나중에야 부랴부랴 수정했네요. 저도 추리 소설을 좋아해서 묘한 반가움이 들었습니다. 한동안 추리 소설 못 읽었는데 조만간 괜찮은 작품 찾아봐야겠네요.

그럼 이만 역자 후기를 마칠까 합니다.

다음 6권에서 다시 인사드릴 수 있기를 바라며 이만 물러나겠습니다.

읽어주셔서 감사합니다. 항상 행복하시길!

Character 1
캐릭터 소개

NAME 아니타 맨해튼

PROFILE

15세의 나이로 신비법원 루인 지부에서 팀 『엠프레스(여제전선)』을 설립.

팀의 강화와 발전을 위해 레셰와 펄, 넬을 스카우트 계획 중.
그렇기에 페이에게 라이벌 의식을 불태우기도?

SPEC

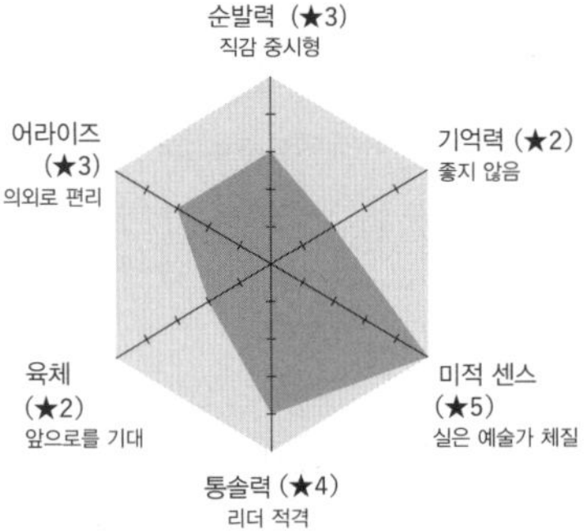

어라이즈★3

초인형에 해당하는 어라이즈『몸도 마음도 강철로(아이언 하트)』.
온전히 두뇌만 사용하는 게임에서는 활약할 수 없지만 배틀, 스포츠 요소가 있는 게임에서는 의외의 힘을 발휘……하는데, 이번처럼 인간 로켓으로 던져진 것은 처음이라고.

미적 센스★5

고금동서를 불문하고「아름다운 것」에 빼어난 후각을 발휘하며 그 판단은 무척이나 정확.
다시 말해 아니타가「촌스럽다」,「센스가 나쁘다」고 말할 수밖에 없었던 우로보로스의 무패 프린팅 티셔츠는 역시 촌스—(이하, 데이터 파손).

Character 2
캐릭터 소개

NAME 해신 포세이돈 짱

PROFILE

바다의 주인이자 바다 미로 아틀란티스를 관리하는 신.

바다에 비친 것이라면 무엇이든 복사할 수 있는 힘을 지녔으며 그것을 사용한 게임과 장난을 좋아한다.
삼지창를 들고 있지만, 헤엄치는 도중 놓치는 일이 많아 자주 잃어버린다.
그때마다 새로운 창을 마련함.

SPEC

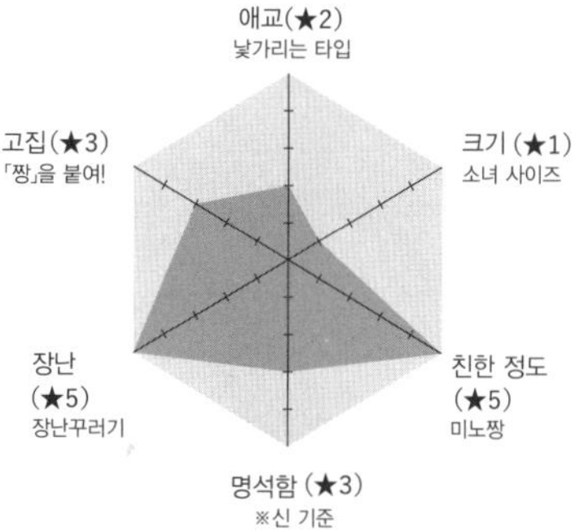

고집 ★3

실은 신경질적인 성격으로 게임과 호칭 등에 고집이 있다.
호칭이라면 「님」을 허락하지 않고 「짱」을 붙이는 것을 좋아하며, 게임에서는 장난치는 마음으로 인간 팀의 와해를 노리는 전술을 생각하기도 한다.

친한 정도★5

바다의 주인인 포세이돈이지만 어째서인지 지하 미궁의 주인인 미노타우로스와 사이가 좋다.
이 둘이 언제 어디서 알게 됐는지는 「신만이」 알겠지만 틈만 나면 시종인 흰고래를 불러 둘이서 해상 드라이브를 한다고…….

Character 3
캐릭터 소개

NAME 인수신 미노타우로스

PROFILE

지하 유적을 배회하는 인수신(人獸神).
부드러운 성격에 붙임성이 좋아 인간에게 가장 호의적인 신 중에 하나.
참고로 다른 신에게도 부드럽고 친근해서 포세이돈이 유일하게 마음을 허락한 상대이기도 하다.
반면, 게임 중에는 흥분한 나머지 몸이 뜨거워져 옷을 벗으려 하는 곤란한 버릇도.

SPEC

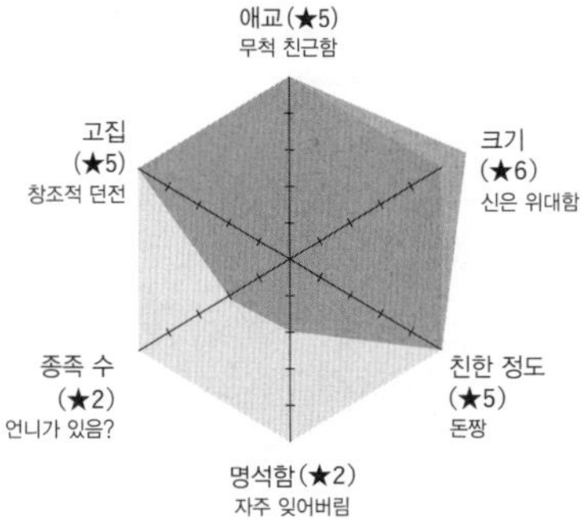

크기 ★6

자타공인 신 사이즈. 인류 대표인 펄과 최종 결전을 벌일 날이 얼마 남지 않음(레셰의 말).

고집 ★5

아누비스의 미궁 게임과 겹치는 바람에 넘어갔지만, 미노타우로스의 미궁 게임도 상당한 장인 정신으로 디자인된 대규모 게임.
참고로 최종 보스는 미노타우로스지만 도중에 숨겨진 퀘스트 공략으로만 손에 넣을 수 있는 SSR 아이템『해신 포세이돈 짱의 삼지창』을 손에 넣으면 특수 연출 모드로 이행.
"……포세이돈 짱에게 진다면…… 바라는 바야……!"
라고 미노타우로스가 패배를 받아들여 인간 측이 일격에 승리할 수 있다.

신은 유희에 굶주려있다. 5

초판 1쇄 발행 2023년 9월 10일

지은이_ Kei Sazane
일러스트_ Toiro Tomose
옮긴이_ 김덕진

발행인_ 최원영
편집장_ 김승신
편집진행_ 권세라 · 최혁수 · 김경민 · 최정민
편집디자인_ 양우연
관리 · 영업_ 김민원

펴낸곳_ (주)디앤씨미디어
등록_ 2002년 4월 25일 제20-260호
주소_ 서울시 구로구 디지털로 26길 111 JnK디지털타워 503호
전화_ 02-333-2513(대표)
팩시밀리_ 02-333-2514
이메일_ lnovellove@naver.com
L노벨 공식 카페_ http://cafe.naver.com/lnovel11

ISBN 979-11-278-7051-5 04830
ISBN 979-11-278-6467-5 (세트)

값 8,500원